生命是一个说故事的人，

每一顷刻中的故事都是新鲜的、自有意义的。

问渠哪得清如许

朱光潜 著

北京联合出版公司
Beijing United Publishing Co.,Ltd.

对自己负责任，是一切向上心的出发点

壹

Chapter One

目录 CONTENTS

贰 Chapter Two

记得绿罗裙，处处怜芳草

万物皆自得

叁

Chapter Three

目录

CONTENTS

肆

Chapter Four

生生不息的趣味 才是活的趣味

人生苦恼起于演，人生解脱在看

伍

Chapter Five

目录

CONTENTS

欣赏一部书，就应该在心里再造一部书

陆

Chapter Six

此身应该做而且能够做的事，
就得由此身担当起，不推诿给旁人。
此时应该做而且能够做的事，
就得在此时做，不拖延到未来。
此地应该做而且能够做的事，
就得在此地做，
不推诿到想象中的另一地位去做。

Chapter One 壹

对自己负责任，是一切向上心的出发点

子非鱼，安知鱼之乐

每个人的世界都由自我伸张而成

庄子与惠子游于濠梁之上。

庄子曰："鯈鱼出游从容，是鱼乐也！"

惠子曰："子非鱼，安知鱼之乐？"

庄子曰："子非我，安知我不知鱼之乐？"

这是《庄子·秋水》篇里的一段故事，是你平时所欢喜玩味的。我现在借这段故事来说明美感经验中的一个极有趣味的道理。

我们通常都有"以己度人"的脾气，因为有这个脾气，对于自己以外的人和物才能了解。严格地说，各个人都只能直接地了解他自己，都只能知道自己处某种境地，有某种知觉，生某种情感。至于知道旁人旁物处某种境地、有某种知觉、生某种情感时，则是凭自己的经验推测出来的。比如我知道自己在笑时心里欢喜，在哭时心里悲痛，看到旁人笑也就以为他心里欢喜，看见旁人哭也以为他心里悲痛。我知道旁人旁物的知觉和情感如何，都是拿自己的知觉和情感来比拟的。我只知道自己，我知道旁人旁物时是把旁人旁物看成自己，或是把自己推到旁人旁物的地位。庄子看到鯈鱼“出游从容”便觉得它乐，因为他自己对于“出游从容”的滋味是有经验的。人与人，人与物，都有共同之点，所以他们都有互相感通之点。假如庄子不是鱼就无从知鱼之乐，每个人就要各成孤立世界，和其他人物都隔着一层密不通风的墙壁，人与人以及人与物之中便无心灵交通的可能了。

这种“推己及物”、“设身处地”的心理活动不尽是有意的，出于理智的，所以它往往发生幻觉。鱼没有反省的意识，是否能够像人一样“乐”，这种问题大概在庄子时代的动物心理学也还没有解决，而庄子硬拿“乐”字来形容鱼的心境，其实不过把他自己的“乐”的心境外射到鱼的身上罢了，他的话未必有科学的谨严与精确。我们知觉外物，常把自己所得的感觉外射到物的本身上去，把它误认为物所固有的属性，于是本来在我的就变成在物的了。比如我们说“花是红的”时，是把红看作花所固有的属性，好像是以为纵使没有人去知觉它，它也还是在那里。其实花本身只有使人觉到红的可能性，至于红却是视觉的结果。红是长度为若干的光波射到眼球网膜上所生的印象。如果光波长一点或是短一点，眼球网膜的构造换一个样子，红的色觉便不会发生。患色盲的人根本就不能辨别红色，就是眼睛健全的人在薄暮光线暗淡时也不能把红色和绿色分得清楚，从此可知严格地说，我们只能说“我觉得花是红的”。我们通常都把“我觉得”三字略去而直说“花是红的”，于是在我的感觉遂被误认为在物的属性了。日常对于外物的知觉都可作如是观。“天气冷”其实只是“我觉得天气冷”，鱼也许和我不一致；“石头太沉重”其实只是“我觉得它太沉重”，大力士或许还嫌它太轻。

云何尝能飞？泉何尝能跃？我们却常说云飞泉跃；山何尝能鸣？谷何尝能应？我们却常说山鸣谷应。在说云飞泉跃、山鸣谷应时，我们比说花红石头重，又更进一层了。原来我们只把在我的感觉误认为在物的属性，现在我们却把无生气的东西看成有生气的东西，把它们看作我们的侪辈，觉得它们也有性格，也有情感，也能活动。这两种说话的方法虽不同，道理却是一样，都是根据自己的经验来了解外物。这种心理活动通常叫作“移情作用”。

“移情作用”是把自己的情感移到外物身上去，仿佛觉得外

心里印着美的意象，
常受美的意象浸润，
自然也可以少存些浊念。

物也有同样的情感。这是一个极普遍的经验。自己在欢喜时，大地山河都在扬眉带笑；自己在悲伤时，风云花鸟都在叹气凝愁。惜别时蜡烛可以垂泪，兴到时青山亦觉点头。柳絮有时“轻狂”，晚峰有时“清苦”。陶渊明何以爱菊呢？因为他在傲霜残枝中见出孤臣的劲节；林和靖何以爱梅呢？因为他在暗香疏影中见出隐者的高标。

从这几个实例看，我们可以看出移情作用是和美感经验有密切关系的。移情作用不一定就是美感经验，而美感经验却常含有移情作用。美感经验中的移情作用不单是由我及物的，同时也是由物及我的；它不仅把我的性格和情感移注于物，同时也把物的姿态吸收于我。所谓美感经验，其实不过是在聚精会神之中，我的情趣和物的情趣往复回流而已。

姑先说欣赏自然美。比如我在观赏一棵古松，我的心境是什么样状态呢？我的注意力完全集中在古松本身的形象上，我的意识之中除了古松的意象之外，一无所有。在这个时候，我的实用的意志和科学的思考都完全失其作用，我没有心思去分别我是我而古松是古松。古松的形象引起清风亮节的类似联想，我心中便隐约觉到清风亮节所常伴着的情感。因为我忘记古松和我是两件事，我就于无意之中把这种清风亮节的气概移置到古松上面去，仿佛古松原来就有这种性格。同时我又不知不觉地受古松的这种性格影响，自己也振作起来，模仿它那一副苍老劲拔的姿态。所以古松俨然变成一个人，人也俨然变成一棵古松。真正的美感经验都是如此，都要达到物我同一的境界，在物我同一的境界中，移情作用最容易发生，因为我们根本就不分辨所生的情感到底是属于我还是属于物的。

再说欣赏艺术美，比如说听音乐。我们常觉得某种乐调快活，某种乐调悲伤。乐调自身本来只有高低、长短、急缓、宏纤的分别，而不能有快乐和悲伤的分别。换句话说，乐调只能有物理而不能有人情。我们何以觉得这本来只有物理的东西居然有人情呢？这也是由于移情作用。这里的移情作用是如何起来的呢？音乐的命脉在节奏。节奏就是长短、高低、急缓、宏纤相继承的关系。这些关系前后不同，听者所费的心力和所用的心的活动也不一致。因此听者心中自起一种节奏和音乐的节奏相平行。听一曲高而缓的调子，心力也随之作一种高而缓的活动；听一曲低而急的调子，心力也随之作一种低而急的活动。这种高而缓或是低而急的心力活动，常蔓延浸润到全部心境，使它变成和高而缓的活动或是低而急的活动相同调，于是听者心中遂感觉一种欢欣鼓舞或是抑郁凄恻的情调。这种情调本来属于听者，在聚精会神之中，他把这种情调外射出去，于是音乐也就有快乐和悲伤的分别了。

再比如说书法。书法在中国向来自成艺术，和图画有同等的身份，近来才有人怀疑它是否可以列于艺术，这般人大概是看到西方艺术史中向来不留位置给书法，所以觉得中国人看重书法有些离奇。其实书法可列于艺术，是无可置疑的。他可以表现性格和情趣。颜鲁公的字就像颜鲁公，赵孟頫的字就像赵孟頫。所以字也可以说是抒情的，不但是抒情的，而且是可以引起移情作用的。横直钩点等等笔划原来是墨涂的痕迹，它们不是高人雅士，原来没有什么“骨力”、“姿态”、“神韵”和“气魄”。但是在名家书法中我们常觉到“骨力”、“姿态”、“神韵”和“气魄”。我们说柳公权的字“劲拔”，赵孟頫的字“秀媚”，这都是把墨涂的痕迹看作有生气有性格的东西，都是把字在心中所引起的意象移到字的本身上面去。

移情作用往往带有无意的模仿。我在看颜鲁公的字时，仿佛对着巍峨的高峰，不知不觉地耸肩聚眉，全身的筋肉都紧张起来，模仿它的严肃；我在看赵孟頫的字时，仿佛对着临风荡漾的柳条，不知不觉地展颐摆腰，全身的筋肉都松懈起来，模仿它的秀媚。从心理学看，这本来不是奇事。凡是观念都有实现于运动的倾向。念到跳舞时脚往往不自主地跳动，念到“山”字时口舌往往不由自主地说出“山”字。通常观念往往不能实现于动作者，由于同时有反对的观念阻止它。同时念到打球又念到泅水，则既不能打球，又不能泅水。如果心中只有一个观念，没有旁的观念和它对敌，则它常自动地现于运动。聚精会神看赛跑时，自己也往往不知不觉地弯起胳膊动起脚来，便是一个好例。在美感经验之中，注意力都是集中在一个意象上面，所以极容易起模仿的运动。

移情的现象可以称之为“宇宙的人情化”，因为有移情作用然后本来只有物理的东西可具人情，本来无生气的东西可有生气。从理智观点看，移情作用是一种错觉，是一种迷信。但是如果把它勾销，不但艺术无由产生，即宗教也无由出现。艺术和宗教都是把宇宙加以生气化和人情化，把人和物的距离以及人和神的距离都缩小。它们都带有若干神秘主义的色彩。所谓神秘主义其实并没有什么神秘，不过是在寻常事物之中见出不寻常的意义。这仍然是移情作用。从一草一木之中见出生气和人情以至于极玄奥的泛神主义，深浅程度虽有不同，道理却是一样。

美感经验既是人的情趣和物的姿态的往复回流，我们可以从这个前提中抽出两个结论来：

一、物的形象是人的情趣的返照。物的意蕴深浅和人的性分密切相关。深人所见于物者亦深，浅人所见于物者亦浅。比如一朵含露的花，在这个人看来只是一朵平常的花，在那个人看或以为它含泪凝愁，在另一个人看或以为它能象征人生和宇宙的妙谛。一朵花如此，一切事物也是如此。因我把自己的意蕴和情趣移于物，物才能呈现我所见到的形象。我们可以说，各人的世界都由各人的自我伸张而成。欣赏中都含有几分创造性。

二、人不但移情于物，还要吸收物的姿态于自我，还要不知不觉地模仿物的形象。所以美感经验的直接目的虽不在陶冶性情，而却有陶冶性情的功效。心里印着美的意象，常受美的意象浸润，自然也可以少存些浊念。苏东坡诗说：“宁可食无肉，不可居无竹；无肉令人瘦，无竹令人俗。”竹不过是美的形象之一种，一切美的事物都有不令人俗的功效。

谈立志

成功是我的成功，失败也是我的失败

抗战以前与抗战以来的青年心理有一个很显然的分别：抗战以前，普通青年的心理变态是烦闷，抗战以来，普通青年的心理变态是消沉，烦闷大半起于理想与事实的冲突。在抗战以前，青年对于自己前途有一个理想，要有一个很好的环境求学，再有一个很好的职业做事；对于国家民族也有一个理想，要把侵略的外力打倒，建设一个新的社会秩序。这两种理想在当时都似很不容易实现，于是他们急躁不耐烦，失望，以至于苦闷。抗战发生时，我们民族毅然决然地拼全副力量来抵挡侵略的敌人，青年们都兴奋了一阵，积压许久的郁闷为之一畅。但是这种兴奋到现在似已逐渐冷静下去，国家民族的前途比从前光明，个人求学就业也比从前容易，虽然大家都硬着脖子在吃苦，可是振作的精神似乎很缺乏。在学校的学生们对功课很敷衍，出了学校就职业的人们对事业也很敷衍，对于国家大事和世界政局没有像从前那样关切。这是一个很可忧虑的现象，因为横在我们面前的还有比抗敌更艰难的局面，需要更坚决更沉着的努力来应付，而我们青年现在所表现的精神显然不足以应付这种艰难的局面。

如果换过方式来说，从前的青年人病在志气太大，目前的青年人病在志气太小，甚至于无志气。志气太大，理想过高，事实迎不上头来，结果自然是失望烦闷；志气太小，因循苟且，麻木消沉，结果就必至于堕落。所以我们宁愿青年烦闷，不愿青年消沉。烦闷至少是对于现实的欠缺还有敏感，还可以激起努力；消沉对于现实的欠缺就根本麻木不仁，决不会引起改善的企图。但是说到究竟，烦闷之于消沉也不过是此胜于彼，烦闷的结果往往是消沉，犹如消沉的结果往往是堕落。目前青年的消沉与前五六年青年的烦闷似不无关系。烦闷是耗费心力的，心力耗费完了，连烦闷也不曾有，那便是消沉。

一个人不会生来就烦闷或消沉的，因为人都有生气，而生气需要发扬，需要活动。有生气而不能发扬，或是活动遇到阻碍，才会烦闷和消沉。烦闷是感觉到困难，消沉是无力征服困难而自甘失败。这两种心理病态都是挫折以后的反应。一个人如果经得起挫折，就不会起这种心理变态。所谓经不起挫折，就是没有决心和勇气，就是意志薄弱。意志薄弱经不起挫折的人往往有一套自宽自解的话，就是把所有的过错都推诿到环境。明明是自己无能，而埋怨环境不允许我显本领；明明是自己甘心做坏人，而埋怨环境不允许我做好人。这其实是懦夫的心理，对于自己全不肯负责任。环境永远不会美满的，万一它生来就美满，人的成就也就无甚价值。人所以可贵，就在他不像猪豚，被饲而肥，他能够不安于污浊的环境，拿力量来改变它，征服它。

普通人的毛病在责人太严责己太宽。埋怨环境还由于缺乏自省自责的习惯。自己的责任必须自己担当起，成功是我的成功，失败也是我的失败。每个人是他自己的造化主，环境不足畏，犹如命运不足信。我们的民族需要自力更生。我们每个人也是如此。我们的青年必须先有这种觉悟，个人和国家民族的前途才有希望。能责备自己，信赖自己，然后自己才会打出一个江山来。

我们有一句老话："有志者事竟成。"这话说得很好，古今中外在任何方面经过艰苦奋斗而成功的英雄豪杰都可以做例证。志之成就是理想的实现。人为的事实都必基于理想，没有理想决不能成为人为的事实。譬如登山，先须存念头去登，然后一步一步地走上去，最后才会到达目的地。如果根本不起登的念

每个人是他自己的造化主，
环境不足畏，
犹如命运不足信。

头，登的事实自无从发生。这是浅例。世间许多行尸走肉浪费了他们的生命，就因为他们对于自己应该做的事不起念头。许多以教育为事业的人根本不起念头去研究，许多以政治为事业的人根本不起念头为国民谋幸福。我们的文化落后，社会紊乱，不就由于这个极简单的原因么？这就是上文所谓“消沉”，“无志气”。“有志者事竟成”，无志者事就不成。

不过“有志者事竟成”一句话也很容易发生误解，“志”字有几种意义：一是念头或愿望（wish），一是起一个动作时所存的目的（purpose），一是达到目的的决心（will，determination）。譬如登山，先起登的念头，次要一步一步地走，而这走必步步以登为目的，路也许长，障碍也许多，须抱定决心，不达目的不止，然后登的愿望才可以实现，登的目的才可以达到。“有志者事竟成”的志，须包含这三种意义在内：第一要起念头，其次要认清目的和达到目的之方法，第三是抱必达目的之决心。很显然的，要事之成，其难不在起念头，而在目的之认识与达到目的之决心。

有些人误解立志只是起念头。一个小孩子说他将来要做大总统，一个乞丐说他成了大阔佬要砍他的仇人的脑袋，所谓“癞蛤蟆想吃天鹅肉”，完全不思量达到这种目的所必有的方法或步骤，更不抱定循这方法步骤去达到目的之决心，这只是狂妄，不能算是立志。世间有许多人不肯学乘除加减而想将来做算学的发明家，不学军事学当兵打仗而想将来做大元帅东征西讨，不切实培养学问技术而想将来做革命家改造社会，都是犯这种狂妄的毛病。

如果以起念头为立志，则有志者事竟不成之例甚多。愚公尽可移山，精卫尽可填海，而世间却实有不可能的事情。我们必须承认“不可能”的真实性。所谓“不可能”，就是俗语所谓“没有办法”，没有一个方法和步骤去达到所悬想的目的。没有认清方法和步骤而想达到那个目的，那只是痴想而不是立志，志就是理想，而理想的理想必定是可实现的理想。理想普通有两种意义，一是“可望而不可攀，可幻想而不可实现的完美”，比如许多宗教都以长生不老为人生理想，它成为理想，就因为事实上没有人长生不老。理想的另一意义是“一个问题的最完美的答案”，或是“可能范围以内的最圆满的解决困难的办法”。比如长生不老虽非人力所能达到，而强健却是人力所能达到的，就人的能力范围来说，强健是一个合理的理想。这两种意义的分别在一个蔑视事实条件，一个顾到事实条件，一个渺茫无稽，一个有方法步骤可循。严格地说，前一种是幻想痴想而不是理想，是理想都必顾到事实。在理想与事实起冲突时，错处不在事实而在理想。我们必须接受事实，理想与事实背驰时，我们应该改变理想。坚持一种不合理的理想而至死不变只是匹夫之勇，只是“猪武”。我特别着重这一点，因为有些道德家在盲目地说坚持理想，许多人在盲目地听。

我们固然要立志，同时也要度德量力。卢梭在他的教育名著《爱弥儿》里有一段很透辟的话，大意是说人生幸福起于愿望与能力的平衡。一个人应该从幼时就学会在自己能力范围以内起愿望，想做自己所能做的事，也能做自己所想做的事。这番话出诸浪漫色彩很深的卢梭尤其值得我们玩味。卢梭自己有时想入非非，因此吃过不少的苦头，这番话实在是经验之谈。许多烦闷，许多失败，都起于想做自己所不能做的事，或是不能做自己所想做的事。

志气成就了许多人，志气也毁坏了许多人。既是志，实现必不在目前而在将来。许多人拿立志远大作借口，把目前应做的事延宕贻误。尤其是青年们欢喜在遥远的未来摆一个黄金时代，把希望全寄托在那上面，终日沉醉在迷梦里，让目前宝贵的时光与机会错过，徒贻后日无穷之悔。我自己从前有机会学希腊文和意大利文时，没有下手，买了许多文法读本，心想到四十岁左右时当有闲暇岁月，许我从容自在地自修这些重要的文字，现在四十过了几年了，看来这一生似不能与希腊文和意大利文有缘分了，那箱书籍也恐怕只有摆在那里霉烂了。这只是一例，我生平有许多事叫我追悔，大半都像这样“志在将来”而转眼即空空过去。“延”与“误”永是连在一起，而所谓“志”往往叫我们由“延”而“误”。所谓真正立志，不仅要接受现在的事实，尤其要抓住现在的机会。如果立志要做一件事，那件事的成功尽管在很远的将来，而那件事的发动必须就在目前一顷刻。想到应该做，马上就做，不然，就不必发下一个空头愿。发空头愿成了一个习惯，一个人就会永远在幻想中过活，成就不了任何事业，听说抽鸦片烟的人想头最多，意志力也最薄弱。老是在幻想中过活的人在精神方面颇类似烟鬼。

我在很早的一篇文章里提出我个人做人的信条，现在想起，觉得其中仍有可取之处，现在不妨趁此再提出供读者参考。我把我的信条叫作“三此主义”，就是此身，此时，此地。一、此身应该做而且能够做的事，就得由此身担当起，不推诿给旁人。二、此时应该做而且能够做的事，就得在此时做，不拖延到未来。三、此地（我的地位，我的环境）应该做而且能够做的事，就得在此地做，不推诿到想象中的另一地位去做。

这是一个极现实的主义。本分人做本分事，脚踏实地，丝毫不带一点浪漫情调。我相信如果我们能够彻底地照着做，不至于很误事。西谚说得好:“手中的一只鸟，值得林中的两只鸟。”许多“有大志”者往往为着觊觎林中的两只鸟，让手中的一只鸟安然逃脱。

谈青年的心理病态

对自己负责任，是一切向上心的出发点

这题目是一位青年读者提议要我谈的。他的这个提议似显示青年们自己感觉到他们在心理上有毛病。这毛病究竟何在，是怎样酝酿成的，最好由青年们自己作一个虚心的检讨。我是一个中年人，和青年人已隔着一层，现时代和我当青年的时代也迥然有别，不能全据私人追忆到的经验，刻舟求剑似的去臆测目前的事实。我现在所谈的大半根据在教书任职时的观察，观察有时不尽可据，而且我的观察范围限于大学生。我希望青年读者们拿这旁观者的分析和他们自己的自我检讨比较，并让我知道比较的结果。这于他们自己有益，于我更有益。

一个人的性格形成，大半固靠自己的努力，环境的影响也不可一笔抹煞。“豪杰之士虽无文王犹兴”，但是多数人并非豪杰之士，就不能不有所凭借。很显然地，现时一般青年所可凭借的实太薄弱。他们所走的并非玫瑰之路。

先说家庭。多数青年一入学校，便与家庭隔绝，尤其是来自沦陷区域的。在情感上他们得不到家庭的温慰。抗战期中一般人都感受经济的压迫，衣食且成问题，何况资遣子弟受教育。在经济上他们得不到家庭的援助。父兄既远隔，又个个为生计所迫，终日奔波劳碌，既送子弟入学校，就把一切委托给学校，自己全不去管。在学业品行上他们得不到家庭的督导。这些还只是消极的，有些人能受到家庭影响的，所受的往往是恶影响。父兄把教育子弟当作一种投资，让他们混资格去谋衣食，子弟有时顺承这个意旨，只把学校当作进身之阶，此其一。父兄有时是贪官污吏或土豪劣绅，自己有许多恶习，让子弟也染着这些恶习，此其二。中国家庭向来多纠纷，而这种纠纷对于青年人常是隐痛，易形成心理的变态，此其三。

次说社会国家。中国社会正当新旧交替之际，过去封建时代的许多积弊恶习还没有涤除净尽，贪污腐败欺诈凌虐的事情处处都有。青年人心理单纯，对于复杂的社会不能了解。他们凭自己的单纯心理，建造一种难于立即实现的社会理想，而事实却往往与这理想背驰，他们处处感觉到碰壁，于是失望、惊疑、悲观等情绪源源而来。其次，青年人富于感受性，少定见，好言是非而却不真能辨别是非，常轻随流俗转移，有如素丝，染于青则青，染于黄则黄。社会既腐浊，他们就不知不觉地跟着它腐浊。总之，目前环境对于纯洁的青年是一种恶性刺激，对于意志薄弱的青年是一种恶性引诱。加以国家处在危难的局面，青年人心里抱着极大的希望，也怀着极深的忧惧。他们缺乏冷静的自信，任一股热情鼓荡，容易提升到高天，也容易降落到深渊。一个人叠次经过这种虐疾式的暖冷夹攻，自然容易变成虚弱，在身体方面如此，在精神方面也如此。

再次说学校。教育必以发展全人为宗旨，德育、智育、美育、群育、体育五项应同时注重。就目前实际状况说，德育在一般学校等于具文，师生的精力都集中于上课，专图授受知识，对于做人的道理全不讲究。优秀青年感觉到这方面的缺乏而彷徨，顽劣青年则放纵恣肆，毫无拘束。即退一步言智育，途径亦多错误，灌输多于启发，浅尝多于深入，模仿多于创造，揣摩风气多于效忠学术。在抗战期中，师资与设备多因陋就简，研究的空气尤不易提高。向学心切者感觉饥荒，凡庸者敷衍混资格。美育的重要不但在事实上被忽略，即在理论上亦未被充分了解。我国先民在文艺上造就本极优越，而子孙数典忘祖，有极珍贵的文艺作品而不知欣赏，从事艺术创作者更寥寥。大家都迷于浅狭的功利主义，对文艺不下功夫，结果乃有情操驳杂、趣味卑劣、生活干枯、心灵无寄托等种种现象。群育是吾国人向来缺乏的，现代学校教育对此亦毫无补救。一般学校都没有社会生活，教师与学生相视如路人，同学彼此也相视如路人。世间大概没有比中国大学教授与学生更孤僻更寂寞的一群动物了。体育的忽略也不自今日始，有些学生还在鄙视运动，黄皮刮瘦几乎是知识阶级的标帜。抗战中忽略运动之外又添上缺乏营养。我常去参观学生吃饭，七八人一席只有一两碗无油的蔬菜，有时甚至只有白饭。吃苦本是好事，亏损虚弱却不是好事。青年人正当发育时期，日复一日年复一年地缺乏最低限度的营养，结果只有亏损虚弱，甚至于疾病死亡。心理的毛病往往起于生理的毛病，生理的损耗必酿成心理的损耗。这问题有关于民族的生命力，凡是远见的教育家政治家都不应忽视。

家庭、社会、国家和学校对于青年人的影响如上所述。在这种情形之下，青年人在心理方面发生下列几种不健康的感觉。

第一是压迫感觉。青年人当生气旺盛的时候，有如春日的草木萌芽，需要伸展与生长，而伸展与生长需要自由的园地与丰富的滋养。如果他们像墙角生出来的草木，上面有沉重的砖石压着，得不着阳光与空气，他们只得黄瘦萎谢，纵然偶尔能费力支撑，破石罅而出，也必变成臃肿拳曲，不中绳墨。不幸得很，现代许多青年都恰在这种状况之下出死力支撑层层重压。家庭对于子弟上进的企图有时作不合理的阻挠，社会对于勤劳的报酬不尽有保障，国家为着政策有时须限制思想与言论的自由，学校不能使天赋的聪明与精力得充分发展，国家前途与世界政局常纠缠不清，强权常歪曲公理。这一切对于青年人都是

人生来需要多方活动，
精力可发泄，心灵有寄托，
兴趣到处泉涌，则生活自丰富，
空虚感觉不致发生。

沉重的压迫。此外又加上经济的艰窘、课程的繁重、营养的缺乏所酿成的体质羸弱，真所谓“双肩上公仇私仇，满腔儿家忧国忧”。一个人究竟有几多力量，能支撑这层层重压呢？撑不起，却也推不翻，于是都积成一个重载，压在心头。

其次是寂寞感觉。人是富于情感的动物，人也是群居的动物，所以人需要同类的同情心最为剧烈。哲学家和宗教家抓住这一点，所以都以仁爱立教。他们知道人类只有在仁爱中才能得到真正幸福。青年人血气方刚，同情的需要比中年人与老年人更为迫切。我们已经说过，现代中国青年不常能得到家庭的温慰，在学校里又缺乏社会生活，他们终日独行踽踽，举目无亲，人生最强烈的要求不能得到最低限度的满足，他们心里如何快乐得起来呢？这里所谓“同情心”包含异性的爱在内。男女中间除着人类同情心的普遍需要之外，又加上性爱的成分，所以情谊一日投合，便特别坚强。这是一个极自然的现象，不容教育家们闭着眼睛否认或推翻。我们所应该留意的是施以适当教育，因势利导，纳于正轨，不使其泛滥横流。这些年来我们都在采男女同学制，而对于男女同学所有的问题未加精密研究，更未予以正确指导。结果男女中间不是毫无来往，便是偷偷摸摸地来往。毫无来往的似居多数，彼此摆在面前，徒增一种刺激。许多青年人的寂寞感觉，细经分析起来，大半起于在异性中缺乏合理而又合体的交际。

第三是空虚感觉。“自然厌恶空虚”，这个古老的自然律可应用于物质，也可应用于心灵。空虚的反面是充实，是丰富。人生要充实丰富，必须有多方的兴趣与多方的活动。一个在道德、学问、艺术或事业方面有浓厚兴趣的人，自然能在其中发现至乐，决不会感觉到人生的空虚。宋儒教人心地常有“源头活水”，此心须常是“活泼泼的”。又教人玩味颜子在箪食瓢饮的情况之下“所乐何事”，用意都在使内心生活充实丰富。据近代一般心理学家的见解，艺术对于充实内心生活的功用尤大，因为它帮助人在事事物物中都可发见乐趣。观照就是欣赏，而欣赏就是快乐。现在一般青年人对学术既无浓厚兴趣，对艺术及其他活动更漠不置意，生活异常干枯贫乏，所以常感到人生空虚。此外又加上述的压迫与寂寞，使他们追问到人生究竟，而他们的单纯头脑所能想出的回答就是“空虚”。他们由自己个人的生活空虚推论到一般人生的空虚，犯着逻辑学家所谓“以偏概全”的错误。个人生活的空虚往往是事实，至于一般人生是否空虚则大有问题，至少历史上许多伟大人物不是这么想。

以上所说的三种不健康的感觉都有几分是心病，但是它们所产生的后果更为严重。在感觉压迫、寂寞和空虚中，青年人始而彷徨，身临难关而找不着出路，踌躇不知所措；继而烦闷，仿佛以为家庭、社会、国家、学校以至于造物主，都有意在和他们为难，不让他们有一件顺心事，于是对一切生厌恶，动辄忧郁、烦躁、苦闷；继而颓唐麻木，经不起一再挫折，逐渐失去辨别是非的敏感与向上的意志，随世俗苟且敷衍，以“世故”为智慧，视腐浊为人情之常。彷徨犹可抉择正路，烦闷犹可力求正路，到了颓唐麻木，就势必至于堕落，无可救药了。我不敢说现在多数青年都已到了颓唐麻木的阶段，但是我相信他们都在彷徨烦闷，如果不及早振作，离颓唐麻木也就不远了。总之，我感觉到现在青年人大半缺乏青年人所应有的朝气，对一切缺乏真正的兴趣和浓厚的热情。他们的志向大半很小，在学校只求敷衍毕业，以后找一个比较优裕的差缺，姑求饱暖舒适，就混过这一生。自然也偶尔遇着少数的例外，但少数例外优秀的青年均势孤力薄，不能造成一种风气。现时代的青年，就他所表现的精神而论，决不能担当起现时代的艰巨任务。这是有心人不能不为之犹惧的。

这种现状究竟如何救济呢？照以上的分析，病的成因远在家庭社会国家与学校所给的不良的影响，近在青年人自己承受这影响而起的几种不健康的感觉。治本的办法当然是改良环境的影响，尤其是学校教育。这要牵涉到许多问题，非本文所能详谈。这里我只向青年人说话，说的话限于在我想是他们可以受用的，就是他们如何医治自己，拯救自己。

第一，青年人对于自己应有勇气负起责任。我们旁观者分析青年人的心理性格，把环境影响当作一个重要的成因，是科学家所应有的平正态度。但是我们也必须补充一句，环境影响并非唯一的决定因素，世间有许多人所受的环境影响几完全相同而成就却有天渊之别，这就是证明个人的努力可以胜过环境的影响。青年们自己不应该把自己的失败完全推诿到环境影响，如果这样办，那就是对自己不负责任，为自己不努力去找借口。我们旁观者固不能以豪杰之士期待一切青年，但是每一个青年自己却不应只以庸碌人自期待。旁人在同样环境之下所能达到的成就，他如果达不到，他就应自引以为耻。对自己没有勇气负责的人在任何优越环境之下，都不会有大成就。对自己负责任，是一切向上心的出发点。

其次，青年人应知实事求是，接受当前事实而谋应付，不假想在另一环境中自己如何可以显大本领，也不把自己现在不能显本领的过失推诿到现实环境。自己所处的是甲境，应付不好，聊自宽解说："如果在乙境，我必能应付好。"这是"文不对题"，仍是变态心理的表现。举个具体的例：问一位青年人为什么不努力做学问，他回答说："教员不好，图书不够，饭没有吃饱。"这样一来，他就把责任推诿得干干净净了。他应该知道，教员不好，图书不够，饭没有吃饱，这些都是事实；他须接受这些事实去应付。如果能设法把教员换好，图书买够，饭吃饱，那固然再好没有；如果这些一时为事实所不允许，他就得在教员不好，图书不够，饭没有吃饱的事实条件之下，研究一个办法，看如何仍可读书做学问。他如果以为这样的事实条件不让他能读书做学问，那就是承认自己的失败；如果只假想在另一套事实条件之下才读书做学问，那就是逃避事实而又逃避责任。

第三，青年人应明了自己的心病须靠自己努力去医治。法国有一位心理学家——库维——发明一种自治疗术，叫作“自暗示”。依这个方法，一个人如果有什么毛病，只要自己常专心存着自己必定好的念头，天天只朝好处想，绝不能朝坏处想，不久他自会痊愈。他实验过许多病人，无论所患的是生理方面的或是心理方面的病，都特著奇效。他的实验可证明自信对于一个人的心理影响非常之大。自信是一个不幸的人，就随时随地碰着不幸事，自信是一个勇敢的人，世间便无不可征服的困难。许多青年人所缺乏的正在自信心。没有自信心就没有勇气，困难还没有临头就自认失败。

比如上文所说的三种不健康的感觉，都并非绝对不可避免的。如果能接受事实，有勇气对自己负责任，尽其在我，不计成败，则压迫感觉不至发生。每个人都需要同情，如果每个人都肯拿一点同情出来对付四周的人，则大家互有群居之乐，寂寞感觉不至发生。人生来需要多方活动，精力可发泄，心灵有寄托，兴趣到处泉涌，则生活自丰富，空虚感觉不致发生。这些事都不难做到，一般青年人所以不能做到者，原因就在没有自信，缺乏勇气，不肯努力。

精进的程序

自己要说的话是否从心所欲地说出，只有自己知道

文学是一种很艰难的艺术，从初学到成家，中间须经过若干步骤，学者必须循序渐进，不可一蹴而就。拿一个比较浅而易见的比喻来讲，作文有如写字。在初学时，笔拿不稳，手腕运用不能自如，所以结体不能端正匀称，用笔不能平实遒劲，字常是歪的，笔锋常是笨拙扭曲的。这可以说是“疵境”。特色是驳杂不稳，纵然一幅之内间或有一两个字写得好，一个字之内间或有一两笔写得好，但就全体看去，毛病很多。每个人写字都不免要经过这个阶段。如果他略有天资，用力勤，多看碑帖笔迹（多临摹，多向书家请教），他对于结体用笔，分行布白，可以学得一些规模法度，手腕运用的比较灵活了，就可以写出无大毛病、看得过去的字。这可以说是“稳境”，特色是平正工稳，合于规模法度，却没有什么精采，没有什么独创。多

数人不把书法当作一种艺术去研究，只把它当作日常应用的工具，就可以到此为止。如果想再进一步，就须再加揣摩，真草隶篆各体都须尝试一下，各时代的碑版帖札须多读多临，然后荟萃各家各体的长处，造成自家所特有的风格，写成的字可以算得艺术作品，或奇或正，或瘦或肥，都可以说得上“美”。这可以说是“醇境”，特色是凝炼典雅，极人工之能事，包世臣和康有为所称的“能品”、“佳品”都属于这一境。但是这仍不是极境，因为它还不能完全脱离“匠”的范围，任何人只要一下功夫，到功夫成熟了，都可以达到。最高的是“化境”，不但字的艺术成熟了，而且胸襟学问的修养也成熟了，成熟的艺术修养与成熟的胸襟学问的修养融成一片，于是字不但可以见出驯熟的手腕，还可以表现高超的人格；悲欢离合的情调，山川风云的姿态，哲学宗教的蕴藉，都可以在无形中流露于字里行间，增加字的韵味。这是包世臣和康有为所称的“神品”、“妙品”，这种极境只有极少数幸运者才能达到。

作文正如写字。用字像用笔，造句像结体，布局像分行布白。习作就是临摹，读前人的作品有如看碑帖墨迹，进益的程序也可以分“疵”、“稳”、“醇”、“化”四境。这中间有天资和人力两个要素，有不能纯借天资达到的，也有不能纯借人力达到的。人力不可少，否则始终不能达到“稳境”和“醇境”；天资更不可少，否则达到“稳境”和“醇境”有缓有速，“化境”却永远无法望尘。在“稳境”和“醇境”，我们可以纯粹就艺术而言艺术，可以借规模法度作前进的导引；在“化境”，我们就要超出艺术范围而推广到整个人的人格以至整个的宇宙，规模法度有时失其约束的作用，自然和艺术的对峙也不存在。如果举实例来说，在中国文字中，言情文如屈原的《离骚》，陶渊明和杜工部的诗，说理文如庄子的《逍遥游》《齐物论》和《楞严经》，记事文如太史公的《项羽本纪》《货殖传》和《红楼梦》之类作品都可以说是到了“化境”，其余许多名家大半止于“醇境”或是介于“化境”与“醇境”之间，至于“稳境”和“疵境”都无用举例，你我就大概都在这两个境界中徘徊。

一个人到了艺术较高的境界，关于艺术的原理法则无用说也无可说；有可说而且需要说的是在“疵境”与“稳境”。从前古文家有奉“义法”为金科玉律的，也有攻击“义法”论调的。在我个人看，拿“义法”来绳“化境”的文字，固近于痴人说梦；如果以为学文艺始终可以不讲“义法”，就未免更误事。记得我有一次和沈尹默先生谈写字，他说：“书家和善书者有分别，世间尽管有人不讲规模法度而仍善书，但是没有规模法度就不能成为一个真正的书家。”沈先生自己是“书家”，站在书家的立场他拥护规模法度，可是仍为“善书者”留余地，许他们不要规模法度。这是他的礼貌。我很怀疑“善书者”可以不经过揣摩规模法度的阶段。我个人有一个苦痛的经验。我虽然没有正式下功夫写过字，可是二三十年来没有一天不在执笔乱写，我原来也相信此事可以全凭自己的心裁，苏东坡所谓“我书意造本无法”，但是于今我正式留意书法，才觉得自己的字太恶劣，写过几十年的字，一横还拖不平，一竖还拉不直，还是未脱“疵境”。我的病根就在从头就没有讲一点规模法度，努力把一个字写得四平八稳。我误在忽视基本功夫，只求要一点聪明，卖弄一点笔姿，流露一点风趣。我现在才觉悟“稳境”虽平淡无奇，却极不易做到，而且不经过“稳境”，较高的境界便无从达到。文章的道理也是如此，韩昌黎所谓“醇而后肆”是作文必循的程序。由“疵境”到“稳境”那一个阶段最需要下功夫学规模法度，小心谨慎地把字用得恰当，把句造得通顺，把层次安排得妥贴，我作文比写字所受的训练较结实，至今我还在基本功夫上着意，除非精力不济，注意力松懈时，我必尽力求稳。

稳不能离规模法度。这可分两层说，一是抽象的，一是具体的。抽象的是文法、逻辑以及古文家所谓“义法”，西方人所谓文学理论和文学批评。在这上面再加上一点心理学和修辞学常识，就可以对付了。抽象的原则和理论本身并没有多大功文章要做得好，必须经过一番只有自己知道的辛苦，同时必有极谨严的艺术良心，肯严厉地批评自己，虽微疵小失，不肯轻易放过，须把它修到无疵可指，才能安心。

用，它的唯一的功用在帮助我们分析和了解作品。具体的规模法度须在模范作品中去找。文法、逻辑、义法等等在具体实例中揣摩，也比较更彰明较著。从前人说“熟读唐诗三百首，不会吟诗也会吟”，语调虽卑，却是经验之谈。为初学说法，模范作品在精不在多，精选熟读透懂，短文数十篇，长著三数种，便已可以作为达到“稳境”的基础。读每篇文字须在命意、用字、造句和布局各方面揣摩；字、句、局三项都有声义两方面，义固重要，声音节奏更不可忽略。既叫作模范，自己下笔时就要如写字临帖一样，亦步亦趋地模仿它。我们不必唱高调轻视模仿，古今大艺术家，据我所知，没有不经过一个模仿阶段的。第一步模仿，可得规模法度，第二步才能集合诸家的长处，加以变化，造成自家所特有的风格。

练习作文，一要不怕模仿，二要不怕修改。多修改，思致愈深入，下笔愈稳妥。自己能看出自己的毛病才算有进步。严格地说，自己要说的话是否从心所欲地说出，只有自己知道，如果有毛病，也只有自己知道最清楚，所以文章请旁人修改不是一件很合理的事。丁敬礼向曹子建说:“文之佳恶，吾自得之，后世谁相知定吾文者耶？”杜工部也说:“文章千古事，得失寸心知。”大约文章要做得好，必须经过一番只有自己知道的辛苦，同时必有极谨严的艺术良心，肯严厉地批评自己，虽微疵小失，不肯轻易放过，须把它修到无疵可指，才能安心。不过这番话对于未脱“疵境”的作者恐未免是高调。据我的观察，写作训练欠缺者通常有两种毛病：第一是对于命意用字造句布局没有经验，规模法度不清楚，自己的毛病自己不能看出，明明是不通不妥，自己却以为通妥；其次是容易受虚荣心和兴奋热烈时的幻觉支配，对自己不能作客观的冷静批评，仿佛以为在写的时候既很兴高采烈，那作品就一定是杰作，足以自豪。只有良师益友，才可以医治这两种毛病。所以初学作文的人最好能虚心接受旁人的批评，多请比自己高明的人修改。如果修改的人肯仔细指出毛病，说出应修改的理由，那就可以产生更大的益处。作文如写字，养成纯正的手法不易，丢开恶劣的手法更难。孤陋寡闻的人往往辛苦半生，没有摸上正路，到发现自己所走的路不对时，已悔之太晚，想把“先入为主”的恶习丢开，比走回头路还更难更冤枉。良师益友可以及早指点迷途，引上最平正的路，免得浪费精力。

自己须经过一番揣摩，同时又须有师友指导，一个作者才可以逐渐由“疵境”达到“稳境”。“稳境”是不易达到的境界，却也是平庸的境界。我认识许多前一辈子的人，幼年经过科举的训练，后来借文字“混差事”，对于诗文字画，件件都会，件件都很平稳，可是老是那样四平八稳，没有一点精采，不是

"庸"，就是"俗"，虽是天天在弄那些玩艺，却到老没有进步。他们的毛病在成立了一种定型，便老守着那种定型，不求变化。一稳就定，一定就一成不变，由熟以至于滥，至于滑。要想免去这些毛病，必须由稳境重新尝试另一风格。如果太熟，无妨学生硬；如果太平易，无妨学艰深；如果太偏于阴柔，无妨学阳刚。在这样变化已成风格时，我们很可能地回到另一种"疵境"，再由这种"疵境"进到"熟境"，如此辗转下去，境界才能逐渐扩大，技巧才能逐渐成熟，所谓"醇境"大半都须经过这种"精钢百炼"的功夫才能达到。比如写字，入手习帖的人易于达到"稳境"，可是不易达到很高的境界。稳之后改习唐碑可以更稳，再陆续揣摩六朝碑版和汉隶秦篆以至于金文甲骨文，如果天资人才都没有欠缺，就必定有"大成"的一日。

这一切都是"匠"的范围以内的事，西文所谓"手艺"(craftsmanship)。要达到只有大艺术家所能达到的"化境"，那就还要在人品学问各方面另下一套更重要的功夫。我已经说过，这是不能谈而且也无用谈的。本文只为初学说法，所以陈义不高，只劝人从基本功夫下手，脚踏实地循序渐进地做下去。

谈交友

你自己是什样的人，就会得到什样的朋友

人生的快乐有一大半要建筑在人与人的关系上面。只要人与人的关系调处得好，生活没有不快乐的。许多人感觉生活苦恼，原因大半在没有把人与人的关系调处适宜。这人与人的关系在我国向称为“人伦”。在人伦中先儒指出五个最重要的，就是君臣、父子、夫妇、兄弟、朋友。这五伦之中，父子、夫妇、兄弟起于家庭，君臣和朋友起于国家社会。先儒谈伦理修养，大半在五伦上做功夫，以为五伦上面如果无亏缺，个人修养固然到了极境，家庭和国家社会也就自然稳固了。五伦之中，朋友一伦的地位很特别，它不像其他四伦都有法律的基础，它起于自由的结合，没有法律的力量维系它或是限定它，它的唯一的基础是友爱与信义。但是它的重要性并不因此减少。如果我们把人与人中间的好感称为友谊，则无论是君臣、父子、夫妇或是兄弟之中，都绝对不能没有友谊。就字源说，在中西文里“友”字都含有“爱”的意义。无爱不成友，无爱也不成君臣、父子、夫妇或兄弟。换句话说，无论那一伦，都非有朋友的要素不可，朋友是一切人伦的基础。懂得处友，就懂得处人；懂得处人，就懂得做人。一个人在处友方面如果有亏缺，他的生活不但不能是快乐的，而且也决不能是善的。

谁都知道，有真正的好朋友是人生一件乐事。人是社会的动物，生来就有同情心，生来也就需要同情心。读一篇好诗文，看一片好风景，没有一个人在身旁可以告诉他说：“这真好呀！”心里就觉得美中有不足。遇到一件大喜事，没有人和你同喜，你的欢喜就要减少七八分；遇到一件大灾难，没有人和你同悲，你的悲痛就增加七八分。孤零零的一个人不能唱歌，不能说笑话，不能打球，不能跳舞，不能闹架拌嘴，总之，什么开心的事也不能做。世界最酷毒的刑罚要算幽禁和充军，逼得你和你所常接近的人们分开，让你尝无亲无友那种孤寂的风味。人必须接近人，你如果不信，请你闭关独居十天半个月，再走到十字街头在人群中挤一挤，你心里会感到说不出来的快慰，仿佛过了一次大瘾，虽然街上那些行人在平时没有一个让你瞧得上眼。人是一种怪物，自己是一个人，却要显得瞧不起人，要孤高自赏，要闭门谢客，要把心里所想的看成神妙不可言说，“不可与俗人道”，其实隐意识里面唯恐人不注意自己，不知道自己，不赞赏自己。世间最欢喜守秘密的人往往也是最不能守秘密的人。他们对你说：“我告诉你，你却不要告诉人。”他不能不告诉你，却忘记你也不能不告诉人。这所谓“不能”实在出于天性中一种极大的压迫力。人需要朋友，如同人需要泄露秘密，都由于天性中一种压迫力在驱遣。它是一种精神上的饥渴，不满足就可以威胁到生命的健全。

谁也都知道，朋友对于性格形成的影响非常重大。一个人的好坏，朋友熏染的力量要居大半。既看重一个人把他当作真心朋友，他就变成一种受崇拜的英雄，他的一言一笑，一举一动都在有意无意之间变成自己的模范，他的性格就逐渐有几分变成自己的性格。同时，他也变成自己的裁判者，自己的一言一笑，一举一动，都要顾到他的赞许或非难。一个人可以蔑视一切人的毁誉，却不能不求见谅于知己。每个人身旁有一个“圈子”，这圈子就是他所尝亲近的人围成的，他跳来跳去，尝跳不出这圈子。在某一种圈子就成为某一种人。圣贤有道，盗亦有道。隔着圈子相视，尧可非桀，桀亦可非尧。究竟谁是谁非，责任往往不在个人而在他所在的圈子。古人说：“与善人交，如入芝兰之室，久而不闻其香；与恶人交，如入鲍鱼之市，久而不闻其臭。”久闻之后，香可以变成寻常，臭也可以变成寻常，而习安之，就不觉其为香为臭。一个人应该谨慎择友，择他所在的圈子，道理就在此。人是善于模仿的，模仿品的好坏，全看模型的好坏，有如素丝，染于青则青，染于黄则黄。“告诉我谁是你的朋友，我就知道你是怎样的一种人。”这句西谚确实是经验之谈。《学记》论教育，一则曰:“七年视论学取友。”再则曰:“相观而善之谓摩。”从孔孟以来，中国士林向奉尊师敬友为立身治学的要道。这都是深有见于朋友的影响重大。师弟向不列于五伦，实包括于朋友一伦里面，师与友是不能分开的。

许叔重《说文解字》谓“同志为友”。就大体说，交友的原则是“同声相应，同气相求”。但是绝对相同在理论与事实都是不可能。“人心不同，各如其面。”这不同亦正有它的作用。朋友的乐趣在相同中容易见出；朋友的益处却往往在相异处才能得到。古人尝拿“如切如磋，如琢如磨”来譬喻朋友的交互影响。这譬喻实在是很恰当。玉石有瑕疵棱角，用一种器具来切磋琢磨它，它才能圆融光润，才能“成器”。人的性格也难免有瑕疵棱角，如私心、成见、骄矜、暴躁、愚昧、顽恶之类，要多受切磋琢磨，才能洗刷净尽，达到玉润珠圆的境界。朋友便是切磋琢磨的利器，与自己愈不同，磨擦愈多，切磋琢磨的影响也就愈大。这影响在学问思想方面最容易见出。一个人多和异己的朋友讨论，会逐渐发现自己学说的不圆满处，对方学说的有可取处，逼得不得不作进一层的思考，这样地对于学问才能逐渐鞭辟入里。在朋友互相切磋中，一方面被“磨”，一方面也在受滋养。一个人被“磨”的方面愈多，吸收外来的滋养也就愈丰富。孔子论益友，所以特重直谅多闻。一个不能有诤友的人永远是愚而好自用，在道德学问上都不会有很大的成就。

好朋友在我国语文里向来叫作“知心”或“知己”。“知交”也是一个习用的名词。这个语言的习惯颇含有深长的意味。从心理观点看，求见知于人是一种社会本能，有这本能，人与人才可免除隔阂，打成一片，社会才能成立。它是社会生命所借以维持的，犹如食色本能是个人与种族生命所借以维持的，所以它与食色本能同样强烈。古人尝以一死报知己，钟子期死后，伯牙不复鼓琴。这种行为在一般人看近似于过激，其实是由于极强烈的社会本能在驱遣。其次，从伦理哲学观点看，知人是处人的基础，而知人却极不易，因为深刻的了解必基于深刻的同情。深刻的同情只在真挚的朋友中才常发见，对于一个人有深交，你才能真正知道他。了解与同情是互为因果的，你对于一个人愈同情，就愈能了解他；你愈了解他，也就愈同情他。法国人有一句成语说：“了解一切，就是宽容一切。”(Tout comprendre, c'est tout pardonner)。这句话说来像很容易，却是人生的最高智慧，需要极伟大的胸襟才能做到。古今有这

「了解一切，就是宽容一切。」这是人生的最高智慧，需要极伟大的胸襟才能做到。

种胸襟的只有几个大宗教家，像释迦牟尼和耶稣，有这种胸襟才能谈到大慈大悲；没有它，任何宗教都没有灵魂。修养这种胸襟的捷径是多与人做真正的好朋友，多与人推心置腹，从对于一部分人得到深刻的了解，做到对于一般人类起深厚的同情。从这方面看，交友的范围宜稍广泛，各种人都有最好，不必限于自己同行同趣味的。蒙田在他的论文里提出一个很奇怪主张，以为一个人只能有一个真正的朋友，我对这主张很怀疑。

交友是一件寻常事，人人都有朋友，交友却也不是一件易事，很少人有真正的朋友。势利之交固容易破裂，就是道义之交也有时不免闹意气之争。王安石与司马光、苏轼、程颢诸人在政治和学术上的倾轧便是好例。他们个个都是好人，彼此互有相当的友谊，而结果闹成和世俗人一般的翻云覆雨。交道之难，从此可见。从前人谈交道的话说得很多。例如“朋友有信”，“久而敬之”，“君子之交淡如水”，视朋友须如自己，要急难相助，须知护友之短，像孔子不假盖于悭吝朋友；要劝善规过，但“不可则止，无自辱焉”。这些话都是说起来颇容易，做起来颇难。许多人都懂得这些道理，但是很少人真正会和人做朋友。

孔子尝劝人“无友不如己者”，这话使我很惶惶不安。你不如我，我不和你做朋友，要我和你做朋友，就要你胜似我，这样我才能得益。但是这算盘我会打你也就会打，如果你也这么说，你我之间不就没有做朋友的可能吗？柏拉图写过一篇谈友谊的对话，另有一番奇妙议论。依他看，善人无须有朋友，恶人不能有朋友，善恶混杂的人才或许需要善人为友来消除他的恶，恶去了，友的需要也就随之消灭。这话显然与孔子的话有些牴牾。谁是谁非，我至今不能断定，但是我因此想到朋友之中，人我的比较是一个重要问题，而这问题又和善恶问题密切相关。我从前研究美学上的欣赏与创造问题，得到一个和常识不相通的结论，就是：欣赏与创造根本难分，每人所欣赏的世界就是每人所创造的世界，就是他自己的情趣和性格的返照；你在世界中能"取"多少，就看你在你的性灵中能提出多少"与"它，物与我之中有一种生命的交流，深人所见于物者深，浅人所见于物者浅。现在我思索这比较实际的交友问题，觉得它与欣赏艺术自然的道理颇可暗合默契。你自己是什样的人，就会得到什样的朋友。人类心灵尝交感回流。你拿一分真心待人，人也就拿一分真心待你，你所"取"如何？就看你所"与"如何。"爱人者人恒爱之，敬人者人恒敬之。"人不爱你敬你，就显得你自己有损缺。你不必责人，先须返求诸己。不但在情感方面如此，在性格方面也都是如此。友必同心，所谓"心"是指性灵同在一个水准上。如果你我在性灵上有高低，我高就须感化你，把你提高到同样水准；你高也是如此，否则友谊就难成立。朋友往往是测量自己的一种最精确的尺度。你自己如果不是一个好朋友，就决不能希望得到一个好朋友。要是好朋友，自己须先是一个好人。我很相信柏拉图的“恶人不能有朋友”的那一句话。恶人可以做好朋友时，他在他方面尽管是坏，在能为好朋友一点上就可证明他还有人性，还不是一个绝对的恶人。说来说去，“同声相应，同气相求”那句老话还是对的，何以交友的道理在此，如何交友的方法也在此。交友和一般行为一样，我们应该常牢记在心的是“责己宜严，责人宜宽”。

这个世界之所以美满，
就在有缺陷，
就在有希望的机会，
有想象的田地。

Chapter Two

贰

记得绿罗裙，处处怜芳草

情人眼底出西施

只要能欣赏，都是一样的美

我们关于美感的讨论，到这里可以告一段落了，现在最好把上文所说的话回顾一番，看我们占住了多少领土。美感是什么呢？从积极方面说，我们已经明白美感起于形象的直觉，而这种形象是孤立自足的，和实际人生有一种距离；我们已经见出美感经验中我和物的关系，知道我的情趣和物的姿态交感共鸣，才见出美的形象。从消极方面说，我们已经明白美感一不带意志欲念，有异于实用态度，二不带抽象思考，有异于科学态度；我们已经知道一般人把寻常快感、联想以及考据与批评认为美感的经验是一种大误解。

美生于美感经验，我们既然明白美感经验的性质，就可以进一步讨论美的本身了。

什么叫作美呢？

在一般人看，美是物所固有的。有些人物生来就美，有些人物生来就丑。比如称赞一个美人，你说她像一朵鲜花，像一颗明星，像一只轻燕，你决不说她像一个布袋，像一条犀牛或是像一只癞虾蟆。这就分明承认鲜花、明星和轻燕一类事物原来是美的，布袋、犀牛和癞虾蟆一类事物原来是丑的。说美人是美的，也犹如说她是高是矮是肥是瘦一样，她的高矮肥瘦是她的星宿定的，是她从娘胎带来的，她的美也是如此，和你看者无关。这种见解并不限于一般人，许多哲学家和科学家也是如此想。所以他们费许多心力去实验最美的颜色是红色还是蓝色，最美的形体是曲线还是直线，最美的音调是 G 调还是 F 调。

但是这种普遍的见解显然有很大的难点，如果美本来是物的属性，则凡是长眼睛的人们应该都可以看到，应该都承认它美，好比一个人的高矮，有尺可量，是高大家就要都说高，是矮大家就要都说矮。但是美的估定就没有一个公认的标准。假如你说一个人美，我说她不美，你用什么方法可以说服我呢？有些人欢喜辛稼轩而讨厌温飞卿，有些人欢喜温飞卿而讨厌辛稼轩，这究竟谁是谁非呢？同是一个对象，有人说美，有人说丑，从此可知美本在物之说有些不妥了。

因此，有一派哲学家说美是心的产品。美如何是心的产品，他们的说法却不一致。康德以为美感判断是主观的而却有普遍性，因为人心的构造彼此相同。黑格尔以为美是在个别事物上见出“概念”或理想。比如你觉得峨嵋山美，由于它表现“庄严”、“厚重”的概念。你觉得《孔雀东南飞》美，由于它表现“爱”与“孝”两种理想的冲突。托尔斯泰以为美的事物都含有宗教和道德的教训。此外还有许多其他的说法。说法既不一致，就只有都是错误的可能而没有都是不错的可能，好比一个数学题生出许多不同的答数一样。大约哲学家们都犯过信理智的毛病，艺术的欣赏大半是情感的而不是理智的。在觉得一件事物美时，我们纯凭直觉，并不是在下判断，如康德所说的，也不是在从个别事物中见出普遍原理，如黑格尔、托尔斯泰一般人所说的；因为这些都是科学的或实用的活动，而美感并不是科学的或实用的活动。还不仅此，美虽不完全在物却亦非与物无关。你看到峨嵋山才觉得庄严、厚重，看到一个小土墩却不能觉得庄严、厚重。从此可知物须先有使人觉得美的可能性，人不能完全凭心灵创造出美来。

依我们看，美不完全在外物，也不完全在人心，它是心物婚媾后所产生的婴儿。美感起于形象的直觉。形象属物而却不完全属于物，因为无我即无由见出形象；直觉属我却又不完全属于我，因为无物则直觉无从活动。美之中要有人情也要有物理，二者缺一都不能见出美。再拿欣赏古松的例子来说，松的苍翠劲直是物理，松的清风亮节是人情。从“我”的方面说，古松的形象并非天生自在的，同是一棵古松，千万人所见到的形象就有千万不同，所以每个形象都是每个人凭着人情创造出来的，每个人所见到的古松的形象就是每个人所创造的艺术品，它有艺术品通常所具的个性，它能表现各个人的性分和情趣。从“物”的方面说，创造都要有创造者和所创造物，所创造物并非从无中生有，也要有若干材料，这材料也要有创造成美的可能性。松所生的意象和柳所生的意象不同，和癞虾蟆所生的意象更不同。所以松的形象这一个艺术品的成功，一半是我的贡献，一半是松的贡献。

这里我们要进一步研究我与物如何相关了。何以有些事物使我觉得美，有些事物使我觉得丑呢？我们最好用一个浅例来说明这个道理。比如我们看下列六条垂直线，往往把它们看成三个柱子，觉得这三个柱子所围的空间（即 A 与 B、C 与 D 和 E 与 F 所围的空间）离我们较近，而 B 与 C 以及 D 与 E 所围的空间则看成背景，离我们较远。还不仅此。我们把这六条垂直线摆在一块看，它们仿佛自成一个谐和的整体；至于 G 与 H 两条没有规律的线则仿佛是这整体以外的东西，如果勉强把它搭上前面的六条线一块看，就觉得它不和谐。

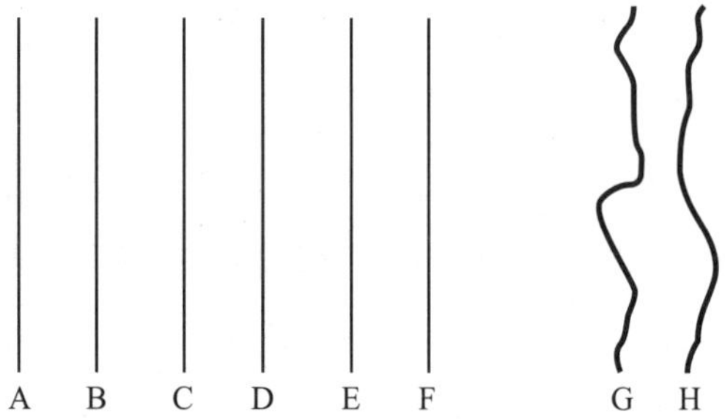

1）A 与 B、C 与 D、E 与 F 距离都相等。

2）B 与 C、D 与 E 距离相等，略大于 A 与 B 的距离。

3）F 与 G 的距离较 B 与 C 的距离大。

4）A、B、C、D、E、F 为六条平行垂直线，G 与 H 为两条没有规律的线。

从这个有趣的事实，我们可以看出两个很重要的道理：

一、最简单的形象的直觉都带有创造性。把六条垂直线看成三个柱子，就是直觉到一种形象。它们本来同是垂直线，我们把 A 和 B 选在一块看，却不把 B 和 C 选在一块看；同是直线所围的空间，本来没有远近的分别，我们却把 A、B 中空间看得近，把 B、C 中空间看得远。从此可知在外物者原来是散漫混乱，经过知觉的综合作用，才现出形象来。形象是心灵从混乱的自然中所创造成的整体。

二、心灵把混乱的事物综合成整体的倾向却有一个限制，事物也要本来就有可综合为整体的可能性。A 至 F 六条线可以看成一个整体，G 与 H 两条线何以不能纳入这个整体里面去呢？这里我们很可以见出在觉美觉丑时心和物的关系。我们从左看到右时，看出 CD 和 AB 相似，DE 又和 BC 相似。这两种相似的感觉便在心中形成一个有规律的节奏，使我们预料此后都可由此例推，右边所有的线都顺着左边诸线的节奏。视线移到 EF 两线时，所预料的果然出现，EF 果然与 CD 也相似。预料而中，自然发生一种快感。但是我们再向右看，看到 G 与 H 两线时，就猛觉与前不同，不但 G 和 F 的距离猛然变大，原来是像柱子的平行垂直线，现在却是两条毫无规律的线。这是预料不中，所以引起不快感。因此 G 与 H 两线不但在物理方面和其他六条线不同，在情感上也和它们不能谐和，所以被摈于整体之外。

这里所谓“预料”自然不是有意的，好比深夜下楼一样，步步都踏着一步梯，就无意中预料以下都是如此，倘若猛然遇到较大的距离，或是踏到平地，才觉得这是出于意料。许多艺术都应用规律和节奏，而规律和节奏所生的心理影响都以这种无意的预料为基础。

懂得这两层道理，我们就可以进一步来研究美与自然的关系了。一般人常欢喜说“自然美”，好像以为自然中已有美，纵使没有人去领略它，美也还是在那里。这种见解就是我们在上文已经驳过的美本在物的说法。其实“自然美”三个字，从美学观点看，是自相矛盾的，是“美”就不“自然”，只是“自然”就还没有成为“美”。说“自然美”就好比说上文六条垂直线已有三个柱子的形象一样。如果你觉得自然美，自然就已经过艺术化，成为你的作品，不复是生糙的自然了。比如你欣赏一棵古松，一座高山，或是一湾清水，你所见到的形象已经不是松、山、水的本色，而是经过人情化的。各人的情趣不同，所以各人所得于松、山、水的也不一致。

流行语中有一句话说得极好：“情人眼底出西施。”美的欣赏极似“柏拉图式的恋爱”。你在初尝恋爱的滋味时，本来也是寻常血肉做的女子却变成你的仙子。你所理想的女子的美点她都应有尽有。在这个时候，你眼中的她也不复是她自己原身而是经你理想化过的变形。你在理想中先酝酿成一个尽美尽善的女子，然后把她外射到你的爱人身上去，所以你的爱人其实不过是寄托精灵的躯骸。你只见到精灵，所以觉得无瑕可指；旁人冷眼旁观，只见到躯骸，所以往往诧异道：“他爱上她，真是有些奇怪。”一言以蔽之，恋爱中的对象是已经艺术化过的自然。

一朵花无论是生在邻家的园子里或是插在你自己的瓶子里，你只要能欣赏，它都是一样美。

美的欣赏也是如此，也是把自然加以艺术化。所谓艺术化，就是人情化和理想化。不过美的欣赏和寻常恋爱有一个重要的异点。寻常恋爱都带有很强烈的占有欲，你既恋爱一个女子，就有意无意地存有“欲得之而甘心”的态度。美感的态度则丝毫不带占有欲。一朵花无论是生在邻家的园子里或是插在你自己的瓶子里，你只要能欣赏，它都是一样美。老子所说的“为而不有，功成而不居”，可以说是美感态度的定义。古董商和书画金石收藏家大半都抱有“奇货可居”的态度，很少有能真正欣赏艺术的。我在上文说过，美的欣赏极似“柏拉图式的恋爱”，所谓“柏拉图式的恋爱”对于所爱者也只是无所为而为地欣赏，不带占有欲。这种恋爱是否可能，颇有人置疑，但是历史上有多少著例，凡是到极浓度的初恋者也往往可以达到胸无纤尘的境界。

谈美感教育

真善美具备，人生才完美

世间事物有真善美三种不同的价值，人类心理有知情意三种不同的活动。这三种心理活动恰和三种事物价值相当。真关于知，善关于意，美关于情。人能知，就有好奇心，就要求知，就要辨别真伪，寻求真理。人能发意志，就要想好，就要趋善避恶，造就人生幸福。人能动情感，就爱美，就欢喜创造艺术，欣赏人生自然中的美妙境界。求知、想好、爱美，三者都是人类天性；人生来就有真善美的需要，真善美具备，人生才完美。

教育的功用就在顺应人类求知、想好、爱美的天性，使一个人在这三方面得到最大限度的调和的发展，以达到完美的生活。“教育”一词在西文为 education，是从拉丁动词 educare 来的，原义是“抽出”，所谓“抽出”就是“启发”。教育的目的在“启发”人性中所固有的求知、想好、爱美的本能，使它们尽量生展。中国儒家的最高的人生理想是“尽性”。他们说：“能尽人之性则能尽物之性，能尽物之性则可以赞天地之化育。”教育的目的可以说就是使人“尽性”，“发挥性之所固有”。

物有真善美三面，心有知情意三面，教育求在这三方面同时发展，于是有智育，德育，美育三节目。智育叫人研究学问，求知识，寻真理；德育叫人培养良善品格，学做人处世的方法和道理；美育叫人创造艺术，欣赏艺术与自然，在人生世相中寻出丰富的兴趣。三育对于人生本有同等的重要，但是在流行教育中，只有智育被人看重，德育在理论上的重要性也还没有人否认，至于美育则在实施与理论方面都很少有人顾及。二十年前蔡孑民先生一度提倡过“美育代宗教”，他的主张似没有发生多大的影响。还有一派人不但忽略美育，而且根本仇视美育。他们仿佛觉得艺术有几分不道德，美育对于德育有妨碍。希腊大哲学家柏拉图就以为诗和艺术是说谎的，逢迎人类卑劣情感的，多受诗和艺术的熏染，人就会失去理智的控制而变成情感的奴隶，所以他对诗人和艺术家说了一番客气话之后，就把他们逐出“理想国”的境外。中世纪耶稣教徒的态度很类似。他们以倡苦行主义求来世的解脱，文艺是现世中一种快乐，所以被看成一种罪孽。近代哲学家中卢梭是平等自由说的倡导者，照理应该能看得宽远一点，但是他仍是怀疑文艺，因为他把文艺和文化都看成朴素天真的腐化剂。托尔斯泰对近代西方艺术的攻击更丝毫不留情面，他以为文艺常传染不道德的情感，对于世道人心影响极坏。他在《艺术论》里说：“每个有理性有道德的人应该跟着柏拉图以及耶回教师，把这问题从新这样决定：宁可不要艺术，也莫再让现在流行的腐化的虚伪的艺术继续下去。”

这些哲学家和宗教家的根本错误在认定情感是恶的，理性是善的，人要能以理性镇压感情，才达到至善。这种观念何以是错误的呢？人是一种有机体，情感和理性既都是天性固有的，就不容易拆开。造物不浪费，给我们一份家当就有一份的用处。无论情感是否可以用理性压抑下去，纵是压抑下去，也是一种损耗，一种残废。人好比一棵花草，要根茎枝叶花实都得到平均的和谐的发展，才长得繁茂有生气。有些园丁不知道尽草木之性，用人工去歪曲自然，使某一部分发达到超出常态，另一部分则受压抑摧残。这种畸形发展是不健康的状态，在草木如此，在人也是如此。理想的教育不是摧残一部分天性而去培养另一部分天性，以致造成畸形的发展；理想的教育是让天性中所有的潜蓄力量都得尽量发挥，所有的本能都得平均调和发展，以造成一个全人。所谓“全人”除体格强壮以外，心理方面真善美的需要必都得到满足。只顾求知而不顾其它的人是书虫，美感教育不是替有闲阶级增加一件奢侈，而是使人在丰富华严的世界中随处吸收支持生命和推展生命的活力。

只讲道德而不顾其它的人是枯燥迂腐的清教徒，只顾爱美而不顾其它的人是颓废的享乐主义者。这三种人都不是全人而是畸形人，精神方面的驼子、跛子。养成精神方面的驼子、跛子的教育是无可辩护的。

美感教育是一种情感教育。它的重要我们的古代儒家是知道的。儒家教育特重诗，以为它可以兴观群怨；又特重礼乐，以为“礼以制其宜，乐以导其和”。《论语》有一段话总述儒家教育宗旨说：“兴于诗，立与礼，成于乐。”诗、礼、乐三项可以说都属于美感教育。诗与乐相关，目的在怡情养性，养成内心的和谐（harmony）；礼重仪节，目的在使行为仪表就规范，养成生活上的秩序（order）。蕴于中的是性情，受诗与乐的陶冶而达到和谐；发于外的是行为仪表，受礼的调节而进到秩序。内具和谐而外具秩序的生活，从伦理观点看，是最善的；从美感观点看，也是最美的。儒家教育出来的人要在伦理和美感观点都可以看得过去。

这是儒家教育思想中最值得注意的一点。他们的着重点无疑地是在道德方面，德育是他们的最后鹄的，这是他们与西方哲学家宗教家柏拉图和托尔斯泰诸人相同的。不过他们高于柏拉图和托尔斯泰诸人，因为柏拉图和托尔斯泰诸人误认美育可以妨碍德育，而儒家则认定美育为德育的必由之径。道德并非陈腐条文的遵守，而是至性真情的流露。所以德育从根本做起，必须怡情养性。美感教育的功用就在怡情养性，所以是德育的基础工夫。严格地说，善与美不但不相冲突，而且到最高境界，根本是一回事，它们的必有条件同是和谐与秩序，从伦理观点看，美是一种善；从美感观点看，善也是一种美，所以在古希腊文与近代德文中，美善只有一个字，在中文和其他近代语文中，“善”与“美”二字虽分开，仍可互相替用。真正的善人对于生活不苟且，犹如艺术家对于作品不苟且一样。过一世生活好比做一篇文章，文章求惬心贵当，生活也须求惬心贵当。我们嫌恶行为上的鄙卑龌龊，不仅因其不善，也因其丑，我们赞赏行为上的光明磊落，不仅因其善，也因其美，一个真正有美感修养的人必定同时也有道德修养。

美育为德育的基础，英国诗人雪莱在《诗的辩护》里也说得透辟。他说：

“道德的大原在仁爱，在脱离小我，去体验我以外的思想行为和体态的美妙。一个人如果真正做善人，必须能深广地想象，必须能设身处地替旁人想，人类的忧喜苦乐变成他的忧喜苦乐。要达到道德上的善，最大的途径是想象；诗从这根本上做工夫，所以能发生道德的影响。”

换句话说，道德起于仁爱，仁爱就是同情，同情起于想象。比如你哀怜一个乞丐，你必定先能设身处地想象他的痛苦。诗和艺术对于主观的情境必能“出乎其外”，对于客观的情境必能“入乎其中”，在想象中领略它、玩索它，所以能扩大想象，培养同情。这种看法也与儒家学说暗合。儒家在诸德中特重“仁”，“仁”近于耶稣教的“爱”、佛教的“慈悲”，是一种天性，也是一种修养。仁的修养就在诗。儒家有一句很简赅深刻的话：“温柔敦厚诗教也。”诗教就是美育，温柔敦厚就是仁的表现。

美育不但不妨害德育而且是德育的基础，如上所述。不过美育的价值还不仅在此。西方人有一句恒言说：“艺术是解放的，给人自由的。”（Artist is liberative）这句话最能见出艺术的功用，也最能见出美育的功用。现在我们就在这句话的意义上发挥。从那几方面看，艺术和美育是“解放的，给人自由的”呢？

第一是本能冲动和情感的解放。人类生来有许多本能冲动和附带的情感，如性欲、生存欲、占有欲、爱、恶、怜、惧之类。本自然倾向，它们都需要活动，需要发泄。但是在实际生活中，它们不但常彼此互相冲突，而且与文明社会的种种约束如道德宗教法律习俗之类不相容。我们每个人都知道，本能冲动和欲望是无穷的，而实际上有机会实现的却寥寥有数。我们有时察觉到本能冲动和欲望不大体面，不免起羞恶之心，硬把它们压抑下去；有时自己对它们虽不羞恶而社会的压力过大，不容它们赤裸裸地暴露，也还是被压抑下去。性欲是一个最显著的例。从前哲学家宗教家大半以为这些本能冲动和情感都是卑劣的、不道德的、危险的，承认压抑是最好的处置。他们的整部道德信条有时只在理智镇压情欲。我们在上文指出这种看法的不合理，说它违背平均发展的原则，容易造成畸形发展。其实它的祸害还不仅此，弗洛伊德（Freud）派心理学告诉我们，本能冲动和附带的情感仅可暂时压抑而不可永远消灭，它们理应有自由活动的机会，如果勉强被压抑下去，表面上像是消灭了，实际上在隐意识里凝聚成精神上的疮疖，为种种变态心理和精神病的根源。依弗洛伊德看，我们现代文明社会中人因受到的道德宗教法律习俗的裁制，本能冲动和情感常难得正常的发泄，大半都有些“被压抑的欲望”所凝成的“情意综”（complexes）。这些情意综潜蓄着极强烈的捣乱力，一旦爆发，就成精神上种种病态。但是这种潜力可以藉文艺而发泄，因为文艺所给的是想象世界，不受现实世界的束缚和冲突，在这想象世界中，欲望可以用“望梅止渴”的办法得到满足。文艺还把带有野蛮性的本能冲动和情感提到一个较高尚较纯洁的境界去活动，所以有升华作用（sublimation）。有了文艺，本能冲动和情感才得自由发泄，不致凝成疮疖酿精神病，它的功用有如机器方面的“安全瓣”（safety volve）。弗洛伊德的心理学有时近于怪诞，但实含有一部分真理。文艺和其它美感活动给本能冲动和情感以自由发泄的机会，在日常经验中也可以得到证明。我们每当愁苦无聊时，费一点工夫来欣赏艺术作品或自然风景，满腹的牢骚就马上烟消云散了。读古人痛快淋漓的文章，我们常有“先得我心”的感觉。看过一部戏或是读过一部小说之后，我们觉得曾经紧张了一阵是一件痛快事。这些快感都起于本能冲动和情感在想象世界中得解放。最好的例子是歌德著《少年维特之烦恼》的经过。他少时爱过一个已经许人的女子，心里痛苦已极，想自杀以了一切。有一天他听到一位朋友失恋自杀的消息，想到这事和他自己的境遇相似，可以写成一部小说。他埋头两礼拜，写成《少年维特之烦恼》，把自己心中怨慕愁苦的情绪一齐倾泻到书里，书成了，他的烦恼便去了，自杀的念头也消了。从这实例看，文艺确有解放情感的功用，而解放情感对于心理健康也确有极大的裨益，我们通常说一个人情感要有所寄托，才不致苦恼烦闷，文艺是大家公认为寄托情感的最好的处所。所谓“情感有所寄托”还是说它要有地方可以活动，可得解放。

其次是眼界的解放。宇宙生命时时刻刻在变动进展中，希腊哲人有“濯足急流，抽足再入，已非前水”的譬喻。所以在这种变动进展的过程中每一时每一境都是个别的、新鲜的、有趣的。美感经验并无深文奥义，它只在人生世相中见出某一时某一境特别新鲜有趣而加以流连玩味，或者把它描写出来。这句话中“见”字最紧要。我们一般人对于本来在那里的新鲜有趣的东西不容易“见”着。这是什么缘故呢？不能“见”必有所蔽。我们通常把自己囿在习惯所画成的狭小圈套里，让它把眼界“蔽”着，使我们对它，以外的世界都视而不见，听而不闻。比如我们如果囿于饮食男女，饮食男女以外的事物就见不着；囿于奔走钻营，奔走以外的事就见不着。有人向海边农夫称赞他的门前海景美，他很羞涩地指着屋后花园说：“海没有什么，屋后的一园菜倒还不差。”一园菜囿住了他，使他不能见到海景美。我们每个人都有所囿，有所蔽，许多东西都不能见，所见到的天地是非常狭小的，陈腐的、枯燥的。诗人和艺术家所以超过我们一般人者就在情感比较真挚，感觉比较锐敏，观察比较深刻，想象比较丰富。我们“见”不着的他们“见”得着，并且他们“见”得到就说得出，我们本来“见”不着的他们“见”着说出来了，就使我们也可以“见”着。像一位英国诗人所说的，他们“借他们的眼睛给我们看”。(They lend their eyes for us to see）中国人爱好自然风景的趣味是陶谢王韦诸诗人所传染的。在 Turner 和 Whistler 以前，英国人就没有注意到泰晤士河上有雾。Byron 以前，欧洲人很少赞美威尼斯。前一世纪的人崇拜自然，常咒骂城市生活和工商业文化，但是现代美国俄国的文学家有时把城市生活和工商业文化写得也很有趣。人生的罪孽灾害通常只引起忿恨，悲剧却教我们于罪孽灾祸中见出伟大壮严；丑陋乖讹通常只引起嫌恶，喜剧却教我们在丑陋乖讹中见出新鲜的趣味。Rembrandt 画过一些疲癃残疾的老人以后，我们见出丑中也还有美。象征诗人出来以后，许多一纵即逝的情调使我们觉得精细微妙，特别值得留恋。文艺逐渐向前伸展，我们的眼界也逐渐放大，人生世相越显得丰富华严。这种眼界的解放给我们不少的生命力量，我们觉得人生有意义，有价值，值得活下去。许多人嫌生活干燥，烦闷无聊，原因就在缺乏美感修养，见不着人生世相的新鲜有趣。这种人最容易堕落颓废，因为生命对于他们失去意义与价值。“哀莫大于心死”，所谓“心死”就是对于人生世相失去解悟与留恋，就是不能以美感态度去观照事物。美感教育不是替有闲阶级增加一件奢侈，而是使人在丰富华严的世界中随处吸收支持生命和推展生命的活力。朱子有一首诗说：“半亩方塘一鉴开，天光云影共徘徊，问渠那得清如许？为有源头活水来。”

这诗所写的是一种修养的胜境。美感教育给我们的就是“源头活水”。

第三是自然限制的解放。这是德国唯心派哲学家康德、席勒、叔本华、尼采诸人所最着重的一点，现在我们用浅近语来说明它。自然世界是有限的，受因果律支配的，其中毫末细故都有它的必然性，因果线索命定它如此，它就丝毫移动不得。社会由历史铸就，人由遗传和环境造成。人的活动寸步离不开物质生存条件的支配，没有翅膀就不能飞，绝饮食就会饿死。由此类推，人在自然中是极不自由的。动植物和非生物一味顺从自然，接受它的限制，没有过分希冀，也就没有失望和痛苦。人却不同，他有心灵，有不可压的欲望，对于无翅不飞绝食饿死之类事实总觉得有些歉然。人可以说是两重奴隶，第一服从自然的限制，其次要受自己的欲望驱使。以无穷欲望处有限自然，人便觉得处处不如意、不自由，烦闷苦恼都由此起。专就物质说，人在自然面前是很渺小的，它的力量抵不住自然的力量，无论你有如何大的成就，到头终不免一死，而且科学告诉我们，人类一切成就到最后都要和诸星球同归于毁灭，在自然圈套中求征服自然是不可能的，好比孙悟空跳来跳去，终跳不出如来佛的掌心。但是在精神方面，人可以跳开自然的圈套而征服自然，他可以在自然世界之外另在想象中造出较能合理慰情的世界。这就是艺术的创造。在艺术创造中可以把自然拿在手里来玩弄，剪裁它、锤炼它，从新给以生命与形式。每一部文艺杰作以至于每人在人生自然中所欣赏到的美妙境界都是这样创造出来的。美感活动是人在有限中所挣扎得来的无限，在奴属中所挣扎得来的自由。在服从自然限制而汲汲于饮食男女的寻求时，人是自然的奴隶；在超脱自然限制而创造欣赏艺术境界时，人是自然的主宰，换句话说，就是上帝。多受些美感教育，就是多学会如何从自然限制中解放出来，由奴隶变成上帝，充分地感觉人的尊严。

爱美是人类天性，凡是天性中所固有的必须趁适当时机去培养，否则像花草不及时下种及时培植一样，就会凋残萎谢。达尔文在自传里懊悔他一生专在科学上做工夫，没有把他年轻时对于诗和音乐的兴趣保持住，到老来他想用诗和音乐来调剂生活的枯燥，就抓不回年轻时那种兴趣，觉得从前所爱好的诗和音乐都索然无味。他自己说这是一部分天性的麻木。这是一个很好的前车之鉴。美育必须从年轻时就下手，年纪愈大，外务日纷繁，习惯的牢笼愈坚固，感觉愈迟钝，心里愈复杂，欣赏艺术力也就愈薄弱。我时常想，无论学那一科专门学问，干那一行职业，每个人都应该会听音乐，不断地读文学作品，偶尔有欣赏图画雕刻的机会。在西方社会中这些美感活动是每个受教育者的日常生活中的重要节目。我们中国人除专习文学艺术者以外，一般人对于艺术都漠不关心。这是最可惋惜的事。它多少表示民族生命力的低降，与精神的颓靡。从历史看，一个民族在最兴旺的时候，艺术成就必伟大，美育必发达。史诗悲剧时代的希腊、文艺复兴时代的意大利、莎士比亚时代的英国、歌德和贝多芬时代的英国、歌德和贝多芬时代的德国都可以为证。我们中国人古代对于诗乐舞的嗜好也极普遍。《诗经》、《礼记》、《左传》诸书所记载的歌乐舞的盛况常使人觉得仿佛是置身近代欧洲社会。孔子处周衰之际，特置慨于诗亡乐坏，也是见到美育与民族兴衰的关系密切。现在我们要想复兴民族，必须恢复周以前歌乐舞的盛况，这就是说，必须提倡普及的美感教育。

无言之美

世界之所以美满，就在有缺陷、有希望的机会

孔子有一天突然很高兴地对他的学生说：“予欲无言。”子贡就接着问他：“子如不言，则小子何述焉？”孔子说：“天何言哉？四时行焉，百物生焉。天何言哉？”

这段赞美无言的话，本来从教育方面着想。但是要明了无言的意蕴，宜从美术观点去研究。

言所以达意，然而意决不是完全可以言达的。因为言是固定的，有迹象的；意是瞬息万变，飘渺无踪的。言是散碎的，意是混整的。言是有限的，意是无限的。以言达意，好像用继续的虚线画实物，只能得其近似。

所谓文学，就是以言达意的一种美术。在文学作品中，语言之先的意象，和情绪意旨所附丽的语言，都要尽美尽善，才能引起美感。

尽美尽善的条件很多。但是第一要不违背美术的基本原理，要“和自然逼真”(ture to nature)：这句话讲得通俗一点，就是说美术作品不能说谎。不说谎包含有两种意义：一、我们所说的话，就恰似我们所想说的话。二、我们所想说的话，我们都吐肚子说出来了，毫无余蕴。

意既不可以完全达之以言，“和自然逼真”一个条件在文学上不是做不到么？或者我们问得再直截一点，假使语言文字能够完全传达情意，假使笔之于书的和存之于心的铢两悉称，丝毫不爽，这是不是文学上所应希求的一件事？

这个问题是了解文学及其他美术所必须回答的。现在我们姑且答道：文字语言固然不能全部传达情绪意旨，假使能够，也并非文学所应希求的。一切美术作品也都是这样，尽量表现，非惟不能，而也不必。

先从事实下手研究。譬如有一个荒村或任何物体，摄影家把它照一幅相，美术家把它画一幅画。这种相片和图画可以从两个观点去比较：第一，相片或图画，那一个较“和自然逼真”？不消说得，在同一视阈以内的东西，相片都可以包罗尽致，并且体积比例和实物都两两相称，不会有丝毫错误。图画就不然，美术家对一种境遇，未表现之先，先加一番选择，选择定的材料还须经过一番理想化，把美术家的人格参加进去，然后表现出来。所表现的只是实物一部分，就连这一部分也不必和实物完全一致。所以图画决不能如相片一样“和自然逼真”。第二，我们再问，相片和图画所引起的美感那一个浓厚，所发生的印象那一个深刻，这也不消说，稍有美术口胃的人都觉得图画比相片美得多。

文学作品也是同样。譬如《论语》，“子在川上曰：‘逝者如斯夫，不舍昼夜！’”几句话决没完全描写出了孔子说这番话时候的心境，而“如斯夫”三字更笼统，没有把当时的流水形容尽致，如果说详细一点，孔子也许这样说：“河水滚滚地流去，日夜都是这样，没有一刻停止。世界上一切事物不都像这流水时常变化不尽么？过去的事物不就永远过去决不回头么？我看见这流水心中好不惨伤呀！……”但是纵使这样说去，还没有尽意。而比较起来，“逝者如斯夫，不舍昼夜！”九个字比这段长而臭的演义就值得玩味多了！在上等文学作品中——尤其在诗词中——这种言不尽意的例子处处都可以看见。譬如陶渊明的《时运》，“有风自南，翼彼新苗；”《读<山海经>》，“微雨从东来，好风与之俱；”本来没有表现出诗人的情绪，然而玩味起来，自觉有一种闲情逸致，令人心旷神怡。钱起的《省试湘灵鼓瑟》末二句，“曲终人不见，江上数峰青，”也没有说出诗人的心绪，然而一种凄凉惜别的神情自然流露于言语之外。此外像陈子昂的《幽州台怀古》，“前不见古人，后不见来者，念天地之幽幽，独怆然而泪下！”李白的《怨情》，“美人卷珠帘，深坐颦蛾眉。但见泪痕湿，不知心恨谁。”虽然说明了诗人的情感，而所说出来的多么简单，所含蓄的多么深远！再就写景说，无论何种境遇，要描写得唯妙唯肖，都要费许多笔墨。但是大手笔只选择两三件事轻描淡写一下，完全境遇便呈露眼前，栩栩欲生。譬如陶渊明的《归园田居》，“方宅十余亩，草屋八九间。榆柳阴后檐，桃李罗堂前。暧暧远人村，依依墟里烟。狗吠深巷中，鸡鸣桑树巅。”四十字把乡村风景描写得多么真切！再如杜工部的《后出塞》，“落日照大地，马鸣风萧萧。平沙列万幕，部伍各见招。中天悬明月，令严夜寂寥。悲笳数声动，壮士惨不骄。”寥寥几句话，把月夜沙场状况写得多么有声有色，然而仔细观察起来，乡村景物还有多少为陶渊明所未提及，战地情况还有多少为杜工部所未提及。从此可知文学上我们并不以尽量表现为难能可贵。

在音乐里面，我们也有这种感想，凡是唱歌奏乐，音调由洪壮急促而变到低微以至于无声的时候，我们精神上就有一种沉默肃穆和平愉快的景象。白香山在《琵琶行》里形容琵琶声音暂时停顿的情况说，“水泉冷涩弦凝绝，凝绝不通声暂歇。别有幽愁暗恨生，此时无声胜有声。”这就是形容音乐上无言之美的滋味。

著名英国诗人济慈（Keats）在《希腊花瓶歌》也说，“听得见的声调固然幽美，听不见的声调尤其幽美”（Heard melodies are sweet ; but,those unheard are sweeter），也是说同样道理。大概喜欢音乐的人都尝过此中滋味。

就戏剧说，无言之美更容易看出。许多作品往往在热闹场中动作快到极重要的一点时，忽然万籁俱寂，现出一种沉默神秘的景象。梅特林克（Maeterlinck）的作品就是好例。譬如《青鸟》的布景，择夜阑人静的时候，使重要角色睡得很长久，就是利用无言之美的道理。梅氏并且说：“口开则灵魂之门闭，口闭则灵魂之门开。”赞无言之美的话不能比此更透辟了。莎士比亚的名著《哈姆雷特》一剧开幕便描写更夫守夜的状况，德林瓦特（Drinkwater）在其《林肯》中描写林肯在南北战争军事傍午的时候跪着默祷，王尔德（O.Wilde）的《温德梅尔夫人的扇子》里面描写温德梅尔夫人私奔在她的情人寓所等候的状况，都在兴酣局紧，心悬悬渴望结局时，放出沉默神秘的色彩，都足以证明无言之美的。近代又有一种哑剧和静的布景，或只有动作而无言语，或连动作也没有，就将靠无言之美引人入胜了。

雕刻塑象本来是无言的，也可以拿来说明无言之美。所谓无言，不一定指不说话，是注重在含蓄不露。雕刻以静体传神，有些是流露的，有些是含蓄的。这种分别在眼睛上尤其容易看见。

中国有一句谚语说，“金刚怒目，不如菩萨低眉”，所谓怒目，便是流露；所谓低眉，便是含蓄。凡看低头闭目的神象，所生的印象往往特别深刻。最有趣的就是西洋爱神的雕刻，她们男女都是瞎了眼睛。这固然是根据希腊的神话，然而实在含有美术的道理，因为爱情通常都在眉目间流露，而流露爱情的眉目是最难比拟的。所以索性雕成盲目，可以耐人寻思。当初雕刻家原不必有意为此，但这些也许是人类不用意识而自然碰的巧。

要说明雕刻上流露和含蓄的分别，希腊著名雕刻《拉奥孔》（Laocoon）是最好的例子。相传拉奥孔犯了大罪，天神用了一种极惨酷的刑法来惩罚他，遣了一条恶蛇把他和他的两个儿子在一块绞死了。在这种极刑之下，未死之前当然有一种悲伤惨感目不忍睹的一顷刻，而希腊雕刻家并不擒住这一顷刻来表现，他只把将达苦痛极点前一顷刻的神情雕刻出来，所以他所表现的悲哀是含蓄不露的。倘若是流露的，一定带了挣扎呼号的样子。这个雕刻，一眼看去，只觉得他们父子三人都有一种难言之恫；仔细看去，便可发见条条筋肉根根毛孔都暗示一种极苦痛的神情。德国莱辛（Lessing）的名著《拉奥孔》就根据这个雕刻，讨论美术上含蓄的道理。

以上是从各种艺术中信手拈来的几个实例。把这些个别的实例归纳在一起，我们可以得一个公例，就是：拿美术来表现思想和情感，与其尽量流露，不如稍有含蓄；与其吐肚子把一切都说出来，不如留一大部分让欣赏者自己去领会。因为在欣赏者的头脑里所生的印象和美感，有含蓄比较尽量流露的还要更加深刻。换句话说，说出来的越少，留着不说的越多，所引起的美感就越大越深越真切。

这个公例不过是许多事实的总结束。现在我们要进一步求出解释这个公例的理由。我们要问何以说得越少，引起的美感反而越深刻？何以无言之美有如许势力？

想答复这个问题，先要明白美术的使命。人类何以有美术的要求？这个问题本非一言可尽。现在我们姑且说，美术是帮助我们超现实而求安慰于理想境界的。人类的意志可向两方面发展：一是现实界，一是理想界。不过现实界有时受我们的意志支配，有时不受我们的意志支配。譬如我们想造一所房屋，这是一种意志。要达到这个意志，必费许多力气去征服现实，要开荒辟地，要造砖瓦，要架梁柱，要赚钱去请泥水匠。这些事都是人力可以办到的，都是可以用意志支配的。但是现实界凡物皆向地心下坠一条定律，就不可以用意志征服。所以意志在现实界活动，处处遇障碍，处处受限制，不能圆满地达到目的，实际上我们的意志十之八九都要受现实限制，不能自由发展。譬如谁不想有美满的家庭？谁不想住在极乐国？然而在现实界决没有所谓极乐美满的东西存在。因此我们的意志就不能不和现实发生冲突。

一般人遇到意志和现实发生冲突的时候，大半让现实征服了意志，走到悲观烦闷的路上去，以为件件事都不如人意，人生还有什么意味？所以堕落，自杀，逃空门种种的消极的解决法就乘虚而入了，不过这种消极的人生观不是解决意志和现实冲突最好的方法。因为我们人类生来不是懦弱者，而这种消极的人生观甘心让现实把意志征服了，是一种极懦弱的表示。

然则此外还有较好的解决法么？有的，就是我所谓超现实。我们处世有两种态度，人力所能做到的时候，我们竭力征服现实。人力莫可奈何的时候，我们就要暂时超脱现实，储蓄精力待将来再向他方面征服现实。超脱到那里去呢？超脱到理想界去。现实界处处有障碍有限制，理想界是天空任鸟飞，极空阔极自由的。现实界不可以造空中楼阁，理想界是可以造空中楼阁的。现实界没有尽美尽善，理想界是有尽美尽善的。

姑取实例来说明。我们走到小城市里去，看见街道窄狭污浊，处处都是阴沟厕所，当然感觉不快，而意志立时就要表示态度。如果意志要征服这种现实哩，我们就要把这种街道房屋一律拆毁，另造宽大的马路和清洁的房屋。但是谈何容易？物质上发生种种障碍，这一层就不一定可以做到。意志在此时如何对付呢？他说：我要超脱现实，去在理想界造成理想的街道房屋来，把它表现在图画上，表现在雕刻上，表现在诗文上。于是结果有所谓美术作品。美术家成了一件作品，自己觉得有创造的大力，当然快乐已极。旁人看见这种作品，觉得它真美丽，于是也愉快起来了，这就是所谓美感。

因此美术家的生活就是超现实的生活，美术作品就是帮助我们超脱现实到理想界去求安慰的。换句话说，我们有美术的要求，就因为现实界待遇我们太刻薄，不肯让我们的意志推行无碍，于是我们的意志就跑到理想界去求慰情的路径。美术作品之所以美，就美在它能够给我们很好的理想境界。所以我们可以说，美术作品的价值高低就看它超脱现实的程度大小，就看它所创造的理想世界是阔大还是窄狭。

但是美术又不是完全可以和现实界绝缘的。它所用的工具——例如雕刻用的石头，图画用的颜色，诗文用的语言——都是在现实界取来的。它所用的材料——例如人物情状悲欢离合——也是现实界的产物。所以美术可以说是以毒攻毒，利用现实的帮助以超脱现实的苦恼。上面我们说过，美术作品的价值高低要看它超脱现实的程度如何。这句话应稍加改正，我们应该说，美术作品的价值高低，就看它能否借极少量的现实界的帮助，创造极大量的理想世界出来。

在实际上说，美术作品借现实界的帮助愈少，所创造的理想世界也因而愈大。再拿相片和图画来说明。何以相片所引起的美感不如图画呢？因为相片上一形一影，件件都是真实的，而且应有尽有，发泄无遗。我们看相片，种种形影好像钉子把我们的想象力都钉死了。看到相片，好像看到二五，就只能想到一十，不能想到其他数目。换句话说，相片把事物看得忒真，没有给我们以想象余地。所以相片，只能抄写现实界，不能创造理想界。图画就不然。图画家用美术眼光，加一番选择的工夫，在一个完全境遇中选择了一小部事物，把它们又经过一番理想化，然后才表现出来。惟其留着一大部分不表现，欣赏者的想象力才有用武之地。想象作用的结果就是一个理想世界。所以图画所表现的现实世界虽极小而创造的理想世界则极大。孔子谈教育说，“举一隅不以三隅反，则不复也。”相片是把四隅通举出来了，不要你劳力去“复”。图画就只举一隅，叫欣赏者加一番想象，然后“以三隅反”。

流行语中有一句说:“言有尽而意无穷”。无穷之意达之以有尽之言，所以有许多意，尽在不言中。文学之所以美，不仅在有尽之言，而尤在无穷之意。推广地说，美术作品之所以美，不是只美在已表现的一部分，尤其是美在未表现而含蓄无穷的一大部分，这就是本文所谓无言之美。

人生最可乐的就是活动所生的感觉，就是奋斗成功而得的快慰。

因此美术要和自然逼真一个信条应该这样解释：和自然逼真是要窥出自然的精髓所在，而表现出来；不是说要把自然当作一篇印版文字，很机械地抄写下来。

这里有一个问题会发生。假使我们欣赏美术作品，要注重在未表现而含蓄着的一部分，要超“言”而求“言外意”，各个人有各个人的见解，所得的言外意不是难免殊异么？当然，美术作品之所以美，就美在有弹性，能拉得长，能缩得短。有弹性所以不呆板。同一美术作品，你去玩味有你的趣味，我去玩味有我的趣味。譬如莎氏乐府所以在艺术上占极高位置，就因为各种阶级的人在不同的环境中都欢喜读他。有弹性所以不陈腐。同一美术作品，今天玩味有今天的趣味，明天玩味有明天的趣味。凡是经不得时代淘汰的作品都不是上乘。上乘文学作品，百读都令人不厌的。

就文学说，诗词比散文的弹性大；换句话说，诗词比散文所含的无言之美更丰富。散文是尽量流露的，愈发挥尽致，愈见其妙。诗词是要含蓄暗示，若即若离，才能引人入胜。现在一般研究文学的人都偏重散文——尤其是小说。对于诗词很疏忽。这件事实可以证明一般人文学欣赏力很薄弱。现在如果要提高文学，必先提高文学欣赏力，要提高文学欣赏力，必先在诗词方面特下工夫，把鉴赏无言之美的能力养得很敏捷。因此我很希望文学创作者在诗词方面多努力，而学校国文课程中诗歌应该占一个重要的位置。

本文论无言之美，只就美术一方面着眼。其实这个道理在伦理哲学教育宗教及实际生活各方面，都不难发现。老子《道德经》开卷便说：“道可道，非常道；名可名，非常名。”这就是说伦理哲学中有无言之美，儒家谈教育，大半主张潜移默化，所以拿时雨春风做比喻。佛教及其他宗教之能深入人心，也是借沉默神秘的势力。幼儿园创造者蒙台梭利利用无言之美的办法尤其有趣。在她的幼稚园里，教师每天趁儿童顽得很热闹的时候，猛然地在粉板上写一个“静”字，或奏一声琴。全体儿童于是都跑到自己的座位去，闭着眼睛蒙著头伏案假睡的姿势，但是他们不可睡著。几分钟后，教师又用很轻微的声音，从颇远的地方呼唤各个儿童的名字。听见名字的就要立刻醒起来。这就是使儿童可以在沉默中领略无言之美。

就实际生活方面说，世间最深切的莫如男女爱情。爱情摆在肚子里面比摆在口头上来得恳切。“齐心同所愿，含意俱未伸”和“更无言语空相觑”，比较“细语温存”“怜我怜卿”的滋味还要更加甜密。英国诗人布莱克（Blake）有一首诗叫作《爱情之秘》（Love’s Secret）里面说：

（一）

切莫告诉你的爱情，

爱情是永远不可以告诉的。

因为她像微风一样，

不做声不做气的吹着。

（二）

我曾经把我的爱情告诉而又告诉，

我把一切都披肝沥胆地告诉爱人了，

打着寒颤，耸头发地告诉，

然而她终于离我去了！

（三）

她离我去了，

不多时一个过客来了。

不做声不做气地，只微叹一声，

便把她带去了。

这首短诗描写爱情上无言之美的势力，可谓透辟已极了。本来爱情完全是一种心灵的感应，其深刻处是老子所谓不可道不可名的。所以许多诗人以为“爱情”两个字本身就太滥太寻常太乏味，不能拿来写照男女间神圣深挚的情绪。

其实何只爱情？世间有许多奥妙，人心有许多灵悟，都非言语可以传达，一经言语道破，反如甘蔗渣滓，索然无味。这个道理还可以推到宇宙人生诸问题方面去。我们所居的世界是最完美的，就因为它是最不完美的。这话表面看去，不通已极。但是实在含有至理。假如世界是完美的，人类所过的生活——比好一点，是神仙的生活，比坏一点，就是猪的生活——便呆板单调已极，因为倘若件件都尽美尽善了，自然没有希望发生，更没有努力奋斗的必要。人生最可乐的就是活动所生的感觉，就是奋斗成功而得的快慰。世界既完美，我们如何能尝创造成功的快慰？这个世界之所以美满，就在有缺陷，就在有希望的机会，有想象的田地。换句话说，世界有缺陷，可能性（potentiality）才大。这种可能而未能的状况就是无言之美。世间有许多奥妙，要留着不说出；世间有许多理想，也应该留着不实现。因为实现以后，跟着“我知道了！”的快慰便是“原来不过如是！”的失望。

天上的云霞有多么美丽！风涛虫鸟的声息有多么和谐！用颜色来摹绘，用金石丝竹来比拟，任何美术家也是作践天籁，糟蹋自然！无言之美何限？让我这种拙手来写照，已是糟粕枯骸！这种罪过我要完全承认的。倘若有人骂我胡言乱道，我也只好引陶渊明的诗回答他说：“此中有真味，欲辨已忘言！”

1924年仲冬于上虞白马湖

记得绿罗裙，处处怜芳草

美感起于直觉，不带思考，联想却不免带有思考

美感与快感之外，还有一个更易惹误解的纠纷问题，就是美感与联想。

什么叫作联想呢？联想就是见到甲而想到乙。甲唤起乙的联想通常不外起于两种原因：或是甲和乙在性质上相类似，例如看到春光想起少年，看到菊花想到节士；或是甲和乙在经验上曾相接近，例如看到扇子想起萤火虫，走到赤壁想起曹孟德或苏东坡。类似联想和接近联想有时混在一起，牛希济的“记得绿罗裙，处处怜芳草”两句词就是好例。词中主人何以“记得绿罗裙”呢？因为罗裙和他的欢爱者相接近；他何以“处处怜芳草”呢？因为芳草和罗裙的颜色相类似。

意识在活动时就是联想在进行，所以我们差不多时时刻刻都在起联想。听到声音知道说话的是谁，见到一个词知道它的

意义，都是起于联想作用。联想是以旧经验诠释新经验，如果没有它，知觉、记忆和想象都不能发生，因为它们都得根据过去的经验。从此可知联想为用之广。

联想有时可用意志控制，作文构思时或追忆一时记不起的过去经验时，都是勉强把联想挤到一条路上去走。但是在大多数情境之中，联想是自由的，无意的，飘忽不定的。听课读书时本想专心，而打球、散步、吃饭、邻家的猫儿种种意象总是不由你自主地闯进脑里来，失眠时越怕胡思乱想，越禁止不住胡思乱想。这种自由联想好比水流湿，火就燥，稍有勾搭，即被牵绊，未登九天，已入黄泉。比如我现在从“火”字出发，就想到红，石榴，家里的天井，浮山，雷鲤的诗，鲤鱼，孔夫子的儿子等等，这个联想线索前后相承，虽有关系可寻，但是这些关系都是偶然的。我的“火”字的联想线索如此，换一个人或是我自己在另一时境，“火”字的联想线索却另是一样。从此可知联想的散漫飘忽。

联想的性质如此。多数人觉得一件事物美时，都是因为它能唤起甜美的联想。

在“记得绿罗裙，处处怜芳草”的人看，芳草是很美的。颜色心理学中有许多同类的事实。许多人对于颜色都有所偏好，有人偏好红色，有人偏好青色，有人偏好白色。据一派心理学家

多数人觉得一件事物美时，
都是因为它能唤起甜美的联想。

说，这都是由于联想作用。例如红是火的颜色，所以看到红色可以使人觉得温暖；青是田园草木的颜色，所以看到青色可以使人想到乡村生活的安闲。许多小孩子和乡下人看画，都只是欢喜它的花红柳绿的颜色。有些人看画，欢喜它里面的故事，乡下人欢喜把孟姜女、薛仁贵、桃园三结义的图糊在壁上做装饰，并不是因为那些木板雕刻的图好看，是因为它们可以提起许多有趣故事的联想。这种脾气并不只是乡下人才有。我每次陪朋友们到画馆里去看画，见到他们所特别注意的第一是几张有声名的画，第二是有历史性的作品如耶稣临刑图、拿破仑结婚图之类，像伦勃朗所画的老太公、老太婆，和后期印象派的山水风景之类的作品，他们却不屑一顾。此外又有些人看画（和看一切其他艺术作品一样），偏重它所含的道德教训。道学先生看到裸体雕像或画像，都不免起若干嫌恶。记得詹姆斯在他的某一部书里说过有一次见过一位老修道妇，站在一幅耶稣临刑图面前合掌仰视，悠然神往。旁边人问她那幅画何如，她回答说："美极了，你看上帝是多么仁慈，让自己的儿子去牺牲，来赎人类的罪孽！"

在音乐方面，联想的势力更大。多数人在听音乐时，除了联想到许多美丽的意象之外，便别无所得。他们欢喜这个调子，因为它使他们想起清风明月；不欢喜那个调子，因为它唤醒他们以往的悲痛的记忆。钟子期何以负知音的雅名？因他听伯牙弹琴时，惊叹说：“善哉！峨峨兮若泰山，洋洋兮若江河。”李颀在胡笳声中听到什么？他听到的是“空山百鸟散还合，万里浮云阴且晴。”白乐天在琵琶声中听到什么？他听到的是“银瓶乍破水浆迸，铁骑突出刀枪鸣。”苏东坡怎样形容洞箫？他说：“其声呜呜然，如怨如慕，如泣如诉。余音袅袅，不绝如缕。舞幽谷之潜蛟，泣孤舟之嫠妇。”这些数不尽的例子都可以证明多数人欣赏音乐，都是欣赏它所唤起的联想。

联想所伴的快感是不是美感呢？

历来学者对于这个问题可分两派，一派的答案是肯定的，一派的答案是否定的。这个争辩就是在文艺思潮史中闹得很凶的形式和内容的争辩。依内容派说，文艺是表现情思的，所以文艺的价值要看它的情思内容如何而决定。第一流文艺作品都必有高深的思想和真挚的情感。这句话本来是不可辩驳的。但是侧重内容的人往往从这个基本原理抽出两个其他的结论，第一个结论是题材的重要。所谓题材就是情节。他们以为有些情节能唤起美丽堂皇的联想，有些情节只能唤起丑陋凡庸的联想。比如做史诗和悲剧，只应采取英雄为主角，不应采取愚夫愚妇。第二个结论就是文艺应含有道德的教训。读者所生的联想既随作品内容为转移，则作者应设法把读者引到正经路上去，不要用淫秽卑鄙的情节摇动他的邪思。这些学说发源较早，它们的影响到现在还是很大。从前人所谓“思无邪”、“言之有物”、“文以载道”，现在人所谓“哲理诗”、“宗教艺术”、“革命文学”等等，都是侧重文艺的内容和文艺的无关美感的功效。

这种主张在近代颇受形式派的攻击，形式派的标语是“为艺术而艺术”。他们说，两个画家同用一个模特儿，所成的画价值有高低；两个文学家同用一个故事，所成的诗文意蕴有深浅。许多大学问家、大道德家都没有成为艺术家，许多艺术家并不是大学问家、大道德家。从此可知艺术之所以为艺术，不在内容而在形式。如果你不是艺术家，纵有极好的内容，也不能产生好作品出来；反之，如果你是艺术家，极平庸的东西经过灵心妙运点铁成金之后，也可以成为极好的作品。印象派大师如莫奈、凡·高诸人不是往往在一张椅子或是几间破屋之中表现一个情深意永的世界出来么？这一派学说到近代才逐渐占势力。在文学方面的浪漫主义，在图画方面的印象主义，尤其是后期印象主义，在音乐方面的形式主义，都是看轻内容的。单拿图画来说，一般人看画，都先问里面画的是什么，是怎样的人物或是怎样的故事。这些东西在术语上叫作“表意的成分”。近代有许多画家就根本反对画中有任何“表意的成分”。看到一幅画，他们只注意它的颜色、线纹和阴影，不问它里面有什么意义或是什么故事。假如你看到这派的作品，你起初只望见许多颜色凑合在一起，须费过一番审视和猜度，才知道所画的是房子或是崖石。这一派人是最反对杂联想于美感的。

这两派的学说都持之有故，言之成理，我们究竟何去何从呢？我们否认艺术的内容和形式可以分开来讲（这个道理以后还要谈到），不过关于美感与联想这个问题，我们赞成形式派的主张。

就广义说，联想是知觉和想象的基础，艺术不能离开知觉和想象，就不能离开联想。但是我们通常所谓联想，是指由甲而乙，由乙而丙，辗转不止的乱想。就这个普通的意义说，联想是妨碍美感的。美感起于直觉，不带思考，联想却不免带有思考。在美感经验中我们聚精会神于一个孤立绝缘的意象上面，联想则最易使精神涣散，注意力不专一，使心思由美感的意象旁迁到许多无关美感的事物上面去。在审美时我看到芳草就一心一意地领略芳草的情趣；在联想时我看到芳草就想到罗裙，又想到穿罗裙的美人，既想到穿罗裙的美人，心思就已不复在芳草了。

联想大半是偶然的。比如说，一幅画的内容是“西湖秋月”，如果观者不聚精会神于画的本身而信任联想，则甲可以联想到雷峰塔，乙可以联想到往日同游西湖的美人，这些联想纵然有时能提高观者对于这幅画的好感，画本身的美却未必因此而增加，而画所引起的美感则反因精神涣散而减少。

知道这番道理，我们就可以知道许多通常被认为美感的经验其实并非美感了。假如你是武昌人，你也许特别欢喜崔颢的《黄鹤楼》诗；假如你是陶渊明的后裔，你也许特别欢喜《陶渊明集》；假如你是道德家，你也许特别欢喜《打鼓骂曹》的戏或是韩退之的《原道》；假如你是古董贩，你也许特别欢喜河南新出土的龟甲文或是敦煌石窟里面的壁画；假如你知道达·芬奇的声名大，你也许特别欢喜他的《蒙娜·丽莎》。这都是自然的倾向，但是这都不是美感，都是持实际人的态度，在艺术本身以外求它的价值。

生命就是一种奋斗，
不能奋斗，
就失去生命的意义与价值；
能奋斗，
则世间很少不能征服的困难。

万物皆自得

Chapter Three

谈冷静

冷静的人才能静观，才能发现“万物皆自得”

德国哲学家尼采把人类精神分为两种，一是阿波罗的，一是狄俄倪索斯的。这两个名称起源于希腊神话。阿波罗是日神，是光的来源，世间一切事物得着光才显现形相。希腊人想象阿波罗恋临奥林普斯高峰，雍容肃穆，转运他的弈弈生辉的巨眼，普照世间一切，妍丑悲欢，同供玩赏，风帆自动而此心不为之动，他永远是一个冷静的旁观者。狄俄倪索斯是酒神，是生命的来源，生命无常幻变，狄俄倪索斯要在生命幻变中忘却生命幻变所生的痛苦，纵饮狂歌，争取刹那间尽量的欢乐，时时随着生命的狂澜流转，如醉如痴，曾不停止一息来返观自然或是玩味事物的形相，他永远是生命剧场中一个热烈的扮演者。尼采以为人类精神原有这两种分别，一静一动，一冷一热，一旁观，一表演。艺术是精神的表现，也有这两种分别，例如图画雕刻等造形艺术是代表阿波罗精神的，音乐跳舞等非造形艺术是代表狄俄倪索斯精神的。依尼采看，古代希腊人本最富于狄俄倪索斯精神，体验生命的痛苦最深切，所以内心最悲苦，然而没有走上绝望自杀的路，就好在有阿波罗精神来营救，使他们由表演者的地位跳到旁观者的地位，由热烈而冷静，于是人生一切灾祸罪孽便变成庄严灿烂的意象，产生了希腊人的最高艺术——悲剧。

尼采的这番话乍看来未免离奇，实在含有至理。近代心理学区分性格的话和它暗合的很多，我们在这里不必繁引。尼采专就希腊艺术着眼，以为它的长处在以阿波罗精神化狄俄倪索斯精神。希腊艺术的作风在后来被称为“古典的”，和“浪漫的”相对立。所谓“古典的”作风特点就在冷静、有节制、有含蓄、全体必须和谐完美；所谓“浪漫的”作风特点就在热烈、自由流露、尽量表现、想象丰富、情感深至，而全体形式则偶不免有瑕疵。从此可知古典主义是偏于阿波罗精神的，浪漫主义是偏于狄俄倪索斯精神的。

“古典的”与“浪漫的”原只适用于文艺，后来常有人借用这两个形容词来谈人的性格，说冷静的、纯正的、情理调和的人是“古典的”；热烈的、好奇特的、偏重情感与幻想的人是“浪漫的”。人禀赋不同，生来各有偏向，教育与环境也常容易使人习染于某一方面，但就大体来说，青年人的性格常偏于“浪漫的”，老年人的性格常偏于“古典的”，一个民族也往往如此。这两种性格各有特长，在理论上我们似难作左右袒。不过我们可以说，无论在艺术或在为人方面，“浪漫的”都多少带着些稚气，而“古典的”则是成熟的境界。如果读者容许我说一点个人的经验，我的青年期已过去了，现在快走完中年的阶段，我曾经热烈地爱好过“浪漫的”文艺与性格，现在已开始逐渐发现“古典的”更可爱。我觉得一个人在任何方面想有真正伟大的成就，“古典的”“阿波罗的”冷静都绝不可少。

要明白冷静，先要明白我们通常所以不能冷静的原因。说浅一点，不能冷静是任情感、逞意气、易受欲望的冲动，处处显得粗心浮气；说深一点，不能冷静是整个性格修养上的欠缺，心境不够冲和豁达，头脑不够清醒，风度不够镇定安详。说到性格修养，困难在调和情与理。人是有生气的动物，不能无情感；人为万物之灵，不能无理智。情热而理冷，所以常相冲突。有一部分宗教家和哲学家见到任情纵欲的危险，主张抑情以存理。这未免是剥丧一部分人类天性，可以使人生了无生气，不能算是健康的人生观。中外大哲人如孔子、柏拉图诸人都主张以理智节制情欲，使情欲得其正而能与理智相调和。不过这不是一件易事。孔子自道经验说：“七十而从心所欲，不逾矩。”

这才算是情理融和的境界，以孔子那样圣哲，到七十岁才能做到，可见其难能可贵。大抵修养入手的工夫在多读书明理，自己时时检点自己，要使理智常是清醒的，不让情感与欲望恣意孤行，久而久之，自然胸襟澄然，矜平躁释，遇事都能保持冷静的态度。

学问是理智的事，所以没有冷静的态度不能做学问。在做学问方面，冷静的态度就是科学的态度。科学（一切求真理的活动都包含在内）的任务在根据事实推求原理，在紊乱中建立秩序，在繁复中寻求条理。要达到这种任务，科学必须尊重所有的事实，无论它是正面的或反面的，不能挟丝毫成见去抹煞事实或是歪曲事实；他根据人力所能发见的事实去推求结论，必须步步虚心谨慎，把所有的可能的解说都加以缜密考虑，仔细权衡得失，然后选定一个比较圆满的解说，留待未来事实的参证。所以科学的态度必须冷静，冷静才能客观、缜密、谨严。尝见学者立说，胸中先有一成见，把反面的事实抹煞，把相反的意见丢开，矜一曲之见为伟大发明，旁人稍加批评，便以怒目相加，横肆诋骂，批评者也以诋骂相报，此来彼去，如泼妇骂街，把原来的论点完全忘去。我们通常说这是动情感，凭意气。一个人愈易动情感，凭意气，在学问上愈难有成就。一个有学问的人必定是“清明在躬，志气如神”，换句话说，必定能冷静。

一般人欢喜拿文艺和科学对比，以为科学重理智而文艺重情感。其实文艺正因为表现情感的缘故，需要理智的控制反比科学更甚。英国诗人华兹华斯曾自道经验说：“诗起于沉静中所回味得来的情绪。”人人都能感受情绪，感受情绪而能在沉静中回味，才是文艺家的特殊修养。感受是能入，回味是能出。能入是主观的、热烈的；回味是客观的、冷静的。前者是尼采所谓狄俄倪索斯精神的表现，而后者则是阿波罗精神的表现，许多人以为生糙情感便是文艺材料，怪自己没有能力去表现，其实文艺须在这生糙情感之上加以冷静的回味、思索、安排，才能豁然贯通，见出形式。语言与情思都必经过洗刷炼裁，才能恰到好处。许多人在兴高采烈时完成一个作品，便自矜为绝作，过些时候自己再看一遍，就不免发见许多毛病。罗马批评家贺拉斯劝人在完成作品之后，放下几年才发表，也是有见于文艺创作与修改，须要冷静，过于信任一时热烈兴头是最易误事的。我们在前面已经说过，成熟的“古典的”文艺作品特色就在冷静。近代写实派不满意于浪漫派，原因在也主张文艺要冷静。一个人多在文艺方面下工夫，常容易养成冷静的态度。关于这一点，我在几年前写过一段自白，希望读者容许我引来参证：

“我应该感谢文艺的地方很多，尤其它教我学会一种观世法。一般人常以为只有科学的训练才可以养成冷静的客观的头脑。……我也学过科学，但是我的冷静的客观的头脑不是从科学而是从文艺得来的。凡是不能持冷静的客观的态度的人，毛病都在把‘我’看得太大。他们从‘我’这一副着色的望远镜里看世界，一切事物于是都失去它们的本来面目。所谓冷静的客观的态度就是丢开这副望远镜，让‘我’跳到圈子以外，不当作世界里有‘我’而去看世界，还是把‘我’与类似‘我’的一切东西同样看待。这是文艺的观世法，也是我所学得的观世法。”

我引这段话，一方面说明文艺的活动是冷静，一方面也趁便引出做人也要冷静的道理。我刚才提到丢开“我”去看世界，我们也应该丢开“我”去看“我”。“我”是一个最可宝贵也是最难对付的东西。一个人不能无“我”，无“我”便是无主见，无人格。一个人也不能执“我”，执“我”便是持成见，逞意气，做学问不易精进，做事业也不易成功。佛家主张“无我相”，老子劝告孔子“去子之骄气与多欲”，都是有见于“执我”的错误。“我”既不能无，又不能执，如何才可以调剂安排，恰到好处呢？这需要知识。我们必须彻底认清“我”，才会妥贴地处理“我”。

一个冷静的人常是立定脚跟，胸有成竹，所以临难遇险，能好整以暇，雍容部署，不至张惶失措。

“知道你自己”，这句名言为一般哲学家公认为希腊人的最高智慧的结晶。世间事物最不容易知道的是你自己，因为要知道你自己，你必须能丢开“我”去看“我”，而事实上有了“我”就不易丢开“我”，许多人都时时为我见所蒙蔽而不自知，人不易自知，犹如有眼不能自见，有力不能自举。你本是一个凡人，你却容易把自己看成一个英雄；你的某一个念头，某一句话，某一种行为本是错误的，因为是你自己所想的、说的、做的，你的主观成见总使你自信它是对的。执迷不悟是人所常犯的过失。中国儒家要除去这个毛病，提倡“自省”的工夫。“自省”就是自己审问自己，丢开“我”去看“我”。一般人眼睛常是朝外看，自省就是把眼光转向里面看。一般能自省的人才能自知。自省所凭藉的是理智，是冷静的客观的科学的头脑。能冷静自省，品格上许多亏缺都可以免除。比如你发愤时，经过一番冷静的自省，你的怒气自然消释；你起了一个不正当的欲念时，经过一番冷静的自省，那个欲念也就冷淡下去；你和人因持异见争执，盛气相凌，你如果能冷静地把所有的论证衡量一下，你自然会发见谁是谁非，如果你自己不对，你须自认错误，如果你自己对，你有理由可以说服人。

从这些例子看，“自省”含有“自制”的工夫在内。一个能自制的人才能自强。能自制便有极大的意志力，有极大的意志力才能认定目标，看清事物条理，征服一切环境的困难，百折不挠以底于成功。古今英雄豪杰有大过人的地方都在有坚强的意志力，而他们的坚强的意志力的表现往往在自制方面。哲学家如苏格拉底，宗教家如耶稣、释迦牟尼，政治家如诸葛亮、谢安、李泌，都是显著的实例。许多人动辄发火生气，或放僻邪侈，横无忌惮，或暴戾刚愎，恣意孤行，这种人看来像是强悍勇猛，实在最软弱，他们做情感的奴隶，或是卑劣欲望的奴隶，自己尚且不能控制，怎能控制旁人或控制环境呢？这种人大半缺乏冷静，遇事鲁莽灭裂，终必至于偾事。如果军国大政落在这种人的手里，则国家民族变成野心或私欲的孤注，在一喜一怒之间轻轻被断送。今日的德意志和日本不惜涂炭千百万生灵，置全民族命脉于险境，实由于少数掌政权者缺乏冷静的头脑，聊图逞一时的意气与狂妄的野心，如悬崖纵马，一放而不可收拾。这是最好的殷鉴。人类许多不必要的灾祸罪孽都是这种人惹出来的。如果我们从这些事例上想一想，就可以见出一个人或一个民族在失去冷静的理智的态度时所冒的危险。

一个理想的人须有德有学有才。德与学需要冷静，如上所述，才也不是例外。才是处事的能力。一件事常有许多错综复杂的关系，头脑不冷静的人处之，便如置身五里雾中，觉得需要处理的是一团乱丝，处处是纠纷困难。他不是束手无策，就是考虑不周到，布置不缜密，一个困难未解决，又横生枝节，把事情弄得更糟。冷静的人便能运用科学的眼光，把日前复杂情形全盘一看，看出其中关系条理与轻重要害，在种种可能的办法之中选择一个最合理的，于是一切纠纷困难便如庖丁解牛，迎刃而解。治个人私事如此，治军国大事也是如此，能冷静的人必能谋定后动，动无不成。

一个冷静的人常是立定脚跟，胸有成竹，所以临难遇险，能好整以暇，雍容部署，不至张惶失措。我们中国人对于这种风格向来当作一种美德来欣赏赞叹。孔子在陈过匡，视险若夷，汉高伤胸扪足，史传都传为美谈，后来《世说新语》所载的“雅量”事例尤多，现提举数条来说明本文所谈的冷静：

桓公伏甲设馔，广延朝士，因此欲诛谢安王坦之。王甚遽，问谢曰：“当作何计？”谢神色不变，谓文度曰：“晋阼存亡在此一行。”相与俱前，王之恐状转见于色，谢之宽容愈表于貌，望阶趋席，方作洛生咏讽，浩浩洪流。桓惮其旷远，乃趣解兵。王谢旧齐名，于此始判优劣。

谢太傅盘桓东山，时与孙兴公诸人汎海戏。风起浪涌，孙王诸人色并遽，便唱使还。太傅神情方王，吟啸不言。舟人以公貌闲意悦，犹去不止。既风转急浪猛，诸人皆喧动不坐。公徐云："如此将无归。"众人即承响而回，于是审其量足以镇定朝野。

王子猷子敬曾俱坐一室，上忽发火。子猷遽走避，不遑取屐，子敬神色恬然，徐唤左右扶凭而出，不异平常。世以此定二王神宇。

这些都是冷静态度的最好实例。这种"雅量"所以难能可贵，因为它是整个人格的表现，需要深厚的修养。有这种雅量的人才能担当大事，因为他豁达、清醒、沉着，不易受困难摇动，在危急中仍可想出办法。

冷静并不如庄子所说的"形如槁木，心如死灰"，但是像他所说的游鱼从容自乐。禅家最好做冷静的工夫，他们的胜境却不在坐禅而在禅机。这"机"字最妙。宇宙间许多至理妙谛，寄寓于极平常微细的事物中，往往被粗心浮气的人们忽略过，陈同甫所以有"恨芳菲世界，游人未赏，都付与莺和燕"的嗟叹。冷静的人才能静观，才能发现"万物皆自得"。孔子引《诗经》"鸢飞戾天，鱼跃于渊"二句而加以评释说："言其上下察也。"这"察"字下得极好，能"察"便能处处发见生机，吸收生机，觉得人生有无穷乐趣。世间人的毛病只是习焉不察，所以生活枯燥，日流于卑鄙污浊。"察"就是"静观"，美学家所说的“观照”，它的唯一条件是冷静超脱。哲学家和科学家所做的工夫在这“察”字上，诗人和艺术家所做的工夫也还在这“察”字上。尼采所说的日神阿波罗也是时常在“察”。人在冷静时静观默察，处处触机生悟，便是“地行仙”。有这种修养的人才有极丰富的生机和极厚实的力量！

谈摆脱

成功的秘诀就是认定一个目标，便专心致志地向那里走

朋友：

近来研究黑格尔 (Hegel) 讨论悲剧的文章，有时拿他的学说来印证实际生活，颇觉欣然有会意。许久没有写信给你，现在就拿这点道理作谈料。

黑格尔对于古今悲剧，最推尊希腊索福克勒斯 (Sophocles) 的《安提戈涅》(Antigone)。安提戈涅的哥哥因为争王位，借重敌国的兵攻击他自己的祖国忒拜，他在战场上被打死了。忒拜新王克瑞翁（Creon）悬令，如有人敢收葬他，便处死罪，因为他是一个国贼。安提戈涅很像中国的聂嫈，毅然不避死刑，把她哥哥的尸骨收葬了。安提戈涅又是和克瑞翁的儿子海蒙（Haemon）订过婚的，她被绞以后，海蒙痛恨她，也自杀了。

黑格尔以为凡悲剧都生于两理想的冲突，而安提戈涅是最

好的实例。就克瑞翁说，做国王的职责和做父亲的职责相冲突。就安提戈涅说，做国民的职责和做妹妹的职责相冲突。就海蒙说，做儿子的职责和做情人的职责相冲突。因此冲突，故三方面结果都是悲剧。

黑格尔只是论文学，其实推广一点说，人生又何尝不是一种理想的冲突场？不过实在界和舞台有一点不同，舞台上的悲剧生于冲突之得解决，而人生的悲剧则多生于冲突之不得解决。生命途程上的歧路尽管千差万别，而实际上只有一条路可走，有所取必有所舍，这是自然的道理。世间有许多人站在歧路上只徘徊顾虑，既不肯有所舍，便不能有所取。世间也有许多人既走上这一条路，又念念不忘那一条路。结果也不免差误时光。“鱼我所欲，熊掌亦我所欲，二者不可得兼，舍鱼而取熊掌可也。”有这样果决，悲剧决不会发生。悲剧之发生就在既不肯舍鱼，又不肯舍熊掌，只在那儿垂涎打算盘。这个道理我可以举几个实例来说明：

“禾”是一个大学生，很好文学，而他那一班的功课有簿记、有法律，都是他所厌恶的。他每见到我便愁眉蹙额的说：“真是无聊！天天只是预备考试！天天只是读这些没有意味的课本！”我告诉他，“你既不欢喜那些东西，便把它们丢开就是了。”他说：“既然花了家里的钱进学堂，总得要勉强敷衍考试才是。”我说：“你要敷衍考试，就敷衍考试是了。”然而他天天嫌恶考试，天天又在那儿预备考试。

我有一个幼时的同学恋爱了一个女子。他的家庭极力阻止他。他每次来信都向我诉苦。我去信告诉他说，“你既然爱她，便毅然不顾一切去爱她就是了。”他又说：“家庭骨肉的恩爱就能够这样恝然置之么？”我回复他说：“事既不能两全，你便应该趁早疏绝她。”但是他到现在还是犹豫不知所可，还是照旧叫苦。

“禹”也是一个旧相识。他在衙门里充当一个小差事。他很能做文章，家里虽不丰裕，也还不至于没有饭吃。衙门里案牍和他的脾胃不很合，而且妨碍他著述。他时常觉得他的生活没有意味，和我谈心时，不是说，“嗳，如果我不要就这个事，这本稿子久已写成了。”就是说：“这事简直不是人干的，我回家陪妻子吃糙米饭去了！”像这样的话我也不知道听他说过多少回数，但是他还是依旧风雨无阻的去应卯。

这些朋友的毛病都不在“见不到”而在“摆脱不开”。“摆脱不开”便是人生悲剧的起源。畏首畏尾，徘徊歧路，心境既多苦痛，而事业也不能成就。许多人的生命都是这样模模糊糊的过去的。要免除这种人生悲剧，第一须要“摆脱得开”。消极说是“摆脱得开”，积极说便是“提得起”，便是“抓得住”。认定一个目标，便专心致志的向那里走，其余一切都置之度外，这是成功的秘诀，也是免除烦恼的秘诀。现在姑且举几个实例认定一个目标，便专心致志地向那里走，其余一切都置之度外，这是成功的秘诀，也是免除烦恼的秘诀。

来说明我所谓“摆脱得开”。

释迦牟尼当太子时，乘车出游，看到生老病死的苦状，便恍然解悟人生虚幻，把慈父娇妻爱子和王位一齐抛开，深夜遁入深山，静坐菩提树下，冥心默想解脱人类罪苦的方法。这是古今第一个知道摆脱的人。其次如苏格拉底，如耶稣，如屈原，如文天祥，为保持人格而从容就死，能摆脱开一般人所摆脱不开的生活欲，也很可以廉顽立懦。再其次如希腊第欧根尼提倡克欲哲学，除一个饮水的杯子和一个盘坐的桶子以外，身旁别无长物，一日见童子用手捧水喝，他便把饮水的杯子也掷碎。犹太斯宾诺莎学说与犹太教义不合，犹太教徒行贿不遂，把他驱逐出籍，他以后便专靠磨镜过活。他在当时是欧洲第一个大哲学家，海得尔堡大学请他去当哲学教授，他说：“我还是磨我的镜子比较自由，”所以谢绝教授的位置。这是能为真理为学问摆脱一切的。卓文君逃开富家的安适，去陪司马相如当垆卖酒，是能为恋爱摆脱一切的。张翰在齐做大司马东曹掾，一天看见秋风乍起，想起吴中菰菜莼羹鲈鱼脍，立刻就弃官归里。陶渊明做彭泽令，不愿束带见督邮，向县吏说：“我岂能为五斗米折腰向乡里小儿！”立即解绶辞官。这是能摆脱禄位以行吾心所安的。英国小说家司各特早年颇致力于诗，后读拜伦著作，知道自己在诗的方面不能有大成就，便丢开音律专去做他的小说。这是能为某一种学问而摆脱开其他学问之引诱的。孟敏堕甑，不顾而去。郭林宗问他的缘故，他回答说：“甑已碎，顾之何益？”这是能摆脱过去失败的。

斯蒂文森论文，说文章之术在知遗漏 (the art of omitting)，其实不独文章如是，生活也要知所遗漏。我幼时，有一位最敬爱的国文教师看出我不知摆脱的毛病，尝在我的课卷后面加这样的批语：“长枪短戟，用各不同，但精其一，已足致胜，汝才有偏向，姑发展其所长，不必广心博骛也。”十年以来，说了许多废话，看了许多废书，做了许多不中用的事，走了许多没有目标的路，多尝试，少成功，回忆师训，殊觉赧然，冷眼观察，世间像我这样暗中摸索的人正亦不少。大节固不用说，请问街头那纷纷群众忙的为什么？为什么天天做明知其无聊的工作，说明知其无聊的话，和明知其无聊的朋友假意周旋？在我看来，这都由于“摆脱不开”。因为人人都“摆脱不开”，所以生命便成了一幕最大的悲剧。

朋友，我写到这里，已超过寻常篇幅，把上面所写的翻看一过，觉得还没有把“摆脱”的道理说得透。我只谈到粗浅处，细微处让你自己暇时细心体会。

你的朋友　　孟实

朝抵抗力最大的路径走

生命就是一种奋斗，不能奋斗，就失去了生命的意义和价值

我提出这个题目来谈，是根据一点亲身的经验。有一个时候，我学过做诗填词。往往一时兴到，我信笔直书，心里想到什么，就写什么，写成了自己读读看，觉得很高兴，自以为还写得不坏，后来我把这些处女作拿给一位精于诗词的朋友看，请他批评，他仔细看了一遍后，很坦白地告诉我说：“你的诗词未尝不能做，只是你现在所做的还要不得。”我就问他：“毛病在哪里呢？”他说：“你的诗词都来得太容易，你没有下过力，你欢喜取巧，显小聪明。”听了这话，我捏了一把冷汗，起初还有些不服，后来对于前人作品多费过一点心思，才恍然大悟那位朋友批评我的话真是一语破的。我的毛病确是在没有下过力。我过于相信自然流露，没有知道第一次浮上心头的意思往往不是最好的意思，第一次浮上心头的词句也往往不是最好的词句。

意境要经过洗炼，表现意境的词句也要经过推敲，才能脱去渣滓，达到精妙境界。洗炼推敲要吃苦费力，要朝抵抗力最大的路径走。福楼拜自述写作的辛苦说：“写作要超人的意志，而我却只是一个人！”我也有同样感觉，我缺乏超人的意志，不能拼死力往里钻，只朝抵抗力最低的路径走。

这一点切身的经验使我受到很深的感触。它是一种失败，然而从这种失败中我得到一个很好的教训。我觉得不但在文艺方面，就在立身处世的任何方面，贪懒取巧都不会有大成就，要有大成就，必定朝抵抗力最大的路径走。

“抵抗力”是物理学上的一个术语。凡物在静止时都本其固有“惰性”而继续静止，要使它动，必须在它身上加“动力”，动力愈大，动愈速愈远。动的路径上不能无抵抗力，凡物的动都朝抵抗力最低的方向。如果抵抗力大于动力，动就会停止，抵抗力纵是低，聚集起来也可以使动力逐渐减少以至于消灭，所以物不能永动，静止后要它续动，必须加以新动力。这是物理学上一个很简单的原理，也可以应用到人生上面。人像一般物质一样，也有惰性，要想他动，也必须有动力。人的动力就是他自己的意志力。意志力愈强，动愈易成功；意志力愈弱，动愈易失败。不过人和一般物质有一个重要的分别：一般物质的动都是被动，使它动的动力是外来的；人的动有时可以是主动，使他动的意志力是自生自发自给自足的。在物的方面，动不能自己动地随抵抗力之增加而增加；在人的方面，意志力可以自动地随抵抗力之增加而增加，所以物质永远是朝抵抗力最低的路径走，而人可以超抵抗力最大的路径走。物的动必终为抵抗力所阻止，而人的动可以不为抵抗力所阻止。

照这样看，人之所以为人，就在能不为最大的抵抗力所屈服。我们如果要测量一个人有多少人性，最好的标准就是他对于抵抗力所拿出的抵抗力，换句话说，就是他对于环境困难所表现的意志力。我在上文说过，人可以朝抵抗力最大的路径走，人的动可以不为抵抗力所阻。我说“可以”不说“必定”，因为世间大多数人仍是惰性大于意志力，欢喜朝抵抗力最低的路径走，抵抗力稍大，他就要缴械投降。这种人在事实上失去最高生命的特征，堕落到无生命的物质的水平线上，和死尸一样东推东倒，西推西倒。他们在道德学问事功各方面都决不会有成就，万一以庸庸得厚福，也是叨天之幸。

人生来是精神所附丽的物质，免不掉物质所常有的惰性。抵抗力最低的路径常是一种引诱，我们还可以说，凡是引诱所以能成为引诱，都因为它是抵抗力最低的路径，最能迎合人的惰性。惰性是我们的仇敌，要克服惰性，我们必须动员坚强的意志力，不怕朝抵抗力最大的路径走。走通了，抵抗力就算被征服，要做的事也就算成功。举一个极简单的例子。在冬天早晨，你睡在热被窝里很舒适，心里虽知道这应该是起床的时候而你总舍不得起来。你不起来，是顺着惰性，朝抵抗力最低的路径走。被窝的暖和舒适，外面的空气寒冷，多躺一会儿的种种藉口，对于起床的动作都是很大的抵抗力，使你觉得起床是一件天大的难事。但是你如果下一个决心，说非起来不可，一耸身你也就起来了。这一起来事情虽小，却表示你对于最大抵抗力的征服，你的企图的成功。

这是一个琐屑的事例，其实世间一切事情都可作如此看法。历史上许多伟大人物所以能有伟大成就者，大半都靠有极坚强的意志力，肯向抵抗力最大的路径走。例如孔子，他是当时一个大学者，门徒很多，如果他贪图个人的舒适，大可以坐在曲阜过他安静的学者的生活。但是他毕生东奔西走，席不暇暖，在陈绝过粮，在匡遇过生命的危险，他那副奔波劳碌栖栖遑遑的样子颇受当时隐者的嗤笑。他为什么要这样呢？就因为他有改革世界的抱负，非达到理想，他不肯甘休。《论语》长沮桀溺章最足见出他的心事。长沮桀溺二人隐在乡下耕田，孔子叫子路去向他们问路，他们听说是孔子，就告诉子路说："滔滔者天下皆是也，而谁以易之！"意思是说，于今世道到处都是一般糟，谁去理会它，改革它呢？孔子听到这话叹气说："鸟兽不可同群，吾非斯人之徒与而谁与？天下有道，丘不与易也。”意思是说，我们既是人就应做人所应该做的事；如果世道不糟，我自然就用不着费气力去改革它。孔子平生所说的话，我觉得这几句最沉痛，最伟大。长沮桀溺看天下无道，就退隐躬耕，是朝抵抗力最低的路径走，孔子看天下无道，就牺牲一切要拼命去改革它，是朝抵抗力最大的路径走。他说得很干脆，“天下有道，丘不与易也。”

再如耶稣，从《新约》中四部《福音》看，他的一生都是朝抵抗力最大的路径走。他抛弃父母兄弟，反抗当时旧犹太宗教，攻击当时的社会组织，要在慈爱上建筑一个理想的天国，受尽种种困难艰苦，到最后牺牲了性命，都不肯放弃了他的理想。在他的生命史中有一段是一发千钧的危机。他下决心要宣传天国福音后，跑到沙漠里苦修了四十昼夜。据他的门徒的记载，这四十昼夜中他不断地受恶魔引诱。恶魔引诱他去争尘世的威权，去背叛上帝，崇拜恶魔自己。耶稣经过四十昼夜的挣扎，终于拒绝恶魔的引诱，坚定了对于天国的信念。从我们非教徒的观点看，这段恶魔引诱的故事是一个寓言，表示耶稣自己内心的冲突。横在他面前的有两路：一是上帝的路，一是恶魔的路。走上帝的路要牺牲自己，走恶魔的路他可以握住政权，享受尘世的安富尊荣。经过了四十昼夜的挣扎，他决定了走抵抗力最大的路——上帝的路。

我特别在耶稣生命中提出恶魔引诱的一段故事，因为它很可以说明宋明理学家所说的天理与人欲的冲突。我们一般人尽善尽恶的不多见，性格中往往是天理与人欲杂揉，有上帝也有恶魔，我们的生命史常是一部理与欲，上帝与恶魔的斗争史。我们常在歧途徘徊，理性告诉我们向东，欲念却引诱我们向西。在这种时候，上帝的势力与恶魔的势力好像摆在天平的两端，见不出谁轻谁重。这是“一发千钧”的时候，“一失足即成千古恨”，一挣扎立即可成圣贤豪杰。如果要上帝的那一端天平沉重一点，我们必须在上面加一点重量，这重量就是拒绝引诱，克服抵抗力的意志力。有些人在这紧要关头拿不出一点意志力，听惰性摆布，轻轻易易地堕落下去，或是所拿的意志力不够坚决，经过一番冲突之后，仍然向恶魔缴械投降。例如洪承畴本是明末一个名臣，原来也很想效忠明朝，恢复河山，清兵入关后，大家都预料他以死殉国，清兵百计劝诱他投降，他原也很想不投降，但是到最后终于抵不住生命的执着与禄位的诱惑，做了明朝的汉奸。再举一个眼前的例子，汪精卫前半生对于民族革命很努力，当这次抗战开始时，他广播演说也很慷慨激昂。谁料到他的利禄薰心，一经敌人引诱，就起了卖国叛党的坏心事。依陶希圣的记载，他在上海时似仍感到良心上的痛苦，如

人之所以为人，

就在能不为最大的抵抗力所屈服。

果他拿出一点意志力，即早回头，或以一死谢国人，也还不失为知过能改的好汉。但是他拿不出一点意志力，就认错做错，甘心认贼作父。世间许多人失节败行，就像汪精卫、洪承畴之流，在紧要关头，不肯争一口气，就马马虎虎地朝抵抗力最低的路径走。

这是比较显著的例，其实我们涉身处世，随时随地目前都横着两条路径，一是抵抗力最低的，一是抵抗力最大的。比如当学生，不死心踏地去做学问，只敷衍功课，混分数文凭；毕业后不拿出本领去替社会服务，只奔走巴结，夤缘幸进，以不才而在高位；做事时又不把事当事做，只一味因循苟且，敷衍公事，甚至于贪污淫佚，遇钱即抓，不管它来路正当不正当——这都是放弃抵抗力最大的路径而走抵抗力最低的路径。这种心理如充类至尽，就可以逐渐使一个人堕落。我尝穷究目前中国社会腐败的根源，以为一切都由于懒。懒，所以苟且因循敷衍，做事不认真；懒，所以贪小便宜，以不正当的方法解决个人的生计；懒，所以随俗浮沉，一味圆滑，不敢为正义公道奋斗；懒，所以遇引诱即堕落，个人生活无规律，社会生活无秩序。知识阶级懒，所以文化学术无进展；官吏懒，所以政治不上轨道；一般人都懒，所以整个社会都“吊儿郎当”暮气沉沉。懒是百恶之源，也就是朝抵抗力最低的路径走。如果要改造中国社会，第一件心理的破坏工作是除懒，第一件心理的建设工作是提倡奋斗精神。

生命就是一种奋斗，不能奋斗，就失去生命的意义与价值；能奋斗，则世间很少不能征服的困难。古话说得好，“有志者事竟成”。希腊最大的演说家是德摩斯梯尼，他生来口吃，一句话也说不清楚，但他抱定决心要成为一个大演说家，他天天一个人走到海边，向着大海练习演说，到后来居然达到了他的志愿。这个实例阿德勒派心理学家常喜援引。依他们说，人自觉有缺陷，就起“卑劣意识”，自耻不如人，于是心中就起一种“男性的抗议”，自己说我也是人，我不该不如人，我必用我的意志力来弥补天然的缺陷。阿德勒派学者用这原则解释许多伟大人物的非常成就，例如聋子成为大音乐家，瞎子成为大诗人之类。我觉得一个人的紧要关头在起“卑劣意识”的时候。起“卑劣意识”是知耻，孔子说得好，“知耻近乎勇”。但知耻虽近乎勇而却不就是勇。能勇必定有阿德勒派所说的“男性的抗议”。“男性的抗议”就是认清了一条路径上抵抗力最大而仍然勇往直前，百折不挠。许多人虽天天在“卑劣意识”中过活，却永不能发“男性的抗议”，只知怨天尤人，甚至于自己不长进，希望旁人也跟着他不长进，看旁人长进，只怀满肚子醋意。这种人是由知耻回到无耻。注定地要堕落到十八层地狱，永不超生。

能朝抵抗力最大的路径走，是人的特点。人在能尽量发挥这特点时，就足见出他有富裕的生活力。一个人在少年时常是朝气勃勃，有志气，肯干，觉得世间无不可为之事，天大的困难也不放在眼里。到了年事渐长，受过了一些磨折，他就逐渐变成暮气沉沉，意懒心灰，遇事都苟且因循，得过且过，不肯出一点力去奋斗。一个人到了这时候，生活力就已经枯竭，虽是活着，也等于行尸走肉，不能有所作为了。所以一个人如果想奋发有为，最好是趁少年血气方刚的时候，少年时如果能努力，养成一种勇往直前百折不挠的精神，老而益壮，也还是可能的。

一个人的生活力之强弱，以能否朝抵抗力最大的路径为准，一个国家或是一个民族也是如此。这个原则有整个的世界史证明。姑举几个显著的例，西方古代最强悍的民族莫如罗马人，我们现在说到能吃苦肯干，重纪律，好冒险，仍说是“罗马精神”。因其有这种精神，所以罗马人东征西讨，终于统一了欧洲，建立一个庞大的殖民帝国。后来他们从殖民地获得丰富的资源，一般罗马公民都可以坐在家里不动而享受富裕的生活，于是变成骄奢淫佚，无恶不为，一到新兴的“野蛮”民族从欧洲东北角向南侵略，罗马人就毫无抵抗而分崩瓦解。再如清朝，他们在入关以前过的是骑猎生活，民性最强悍，很富于吃苦冒险的精神，所以到明末张李之乱社会腐败紊乱时，他们以区区数十万人之力就能入主中夏。可是他们做了皇帝之后，一切皇亲国戚都坐着不动吃皇粮，享大位，过舒服生活，不到三百年，一个新兴民族就变成腐败不堪，辛亥革命起，我们就轻轻易易地把他们推翻了。我们如果要明白一个民族能够堕落到什么地步，最好去看看北平的旗人。

我们中华民族在历史上经过许多波折，从周秦到现在，没有那一个时代我们不遇到很严重的内忧，也没有那一个时代我们没有和邻近的民族挣扎，我们爬起来蹶倒，蹶倒了又爬起，如此者已不知若干次。从这简单的史实看，我们民族的生活力确是很强旺，它经过不断的奋斗才维持住它的生存权。这一点祖传的力量是值得我们尊重的。

于今我们又临到严重的关头了。横在我们面前的只有两条路，一是汪精卫和一班汉奸所走的，抵抗力最低的，屈伏；一是我们全民族在蒋委员长领导之下所走的，抵抗力最大的，抗战。我相信我们民族的雄厚的生活力能使我们克服一切困难。不过我们也要明白，我们的前途困难还很多，抗战胜利只解决困难的一部分，还有政治、经济、文化、教育各方面的建设工作还需要更大的努力。一直到现在，我们所拿出来的奋斗精神还是不够。因循、苟且、敷衍，种种病象在社会上还是很流行。我们还是有些老朽，我们应该趁早还童。

孟子说：“天将降大任于斯人也，必先苦其心志，劳其筋骨，饿其体肤，空乏其身，行拂乱其所为，所以动心忍性，增益其所不能。”于今我们的时代是“天将降大任于斯人”的时代了，孟子所说的种种磨折，我们正在亲领身受。我希望每个中国人，尤其是青年们，要明白我们的责任，本着大无畏的精神，不顾一切困难，向前迈进。

谈理想的青年

人家既可以做得到，我就没有理由做不到

朋友：

你问我一个青年应该悬什么样一个标准，做努力进修的根据。我觉得这问题很难笼统地回答，因为人与人在环境、资禀，兴趣各方面都不相同，我们不能定一个刻板公式来适应于每个事例。不过无论一个人将来干哪一种事业，我认为他都需要四个条件。

头一项是运动选手的体格。我把这一项摆在第一，因为它是其他各种条件的基础，我们民族对于体格向来不很注意。无论男女，大家都爱亭亭玉立，弱不禁风那样的文雅。尤其在知识阶级，黄皮刮瘦，弯腰驼背，几乎是一种公同的标帜。说一个人是“纠纠武夫”，就等于骂了他。我们都以“精神文明”自豪，只要“精神”高贵，肉体值得什么？这种错误的观念流毒了许多年代，到现在我们还在受果报。我们在许多方面都不如人，原因并不在我们的智力低劣。就智力说，我们比得上世界上任何民族。我们所以不如人者，全在旁人到六七十岁还能奋发有为，而我们到了四十岁左右就逐渐衰朽；旁人可以有时间让他们的学问事业成熟，而我们往往被逼迫中途而废；旁人能作最后五分钟的奋斗，我们处处显得虎头蛇尾。一个身体羸弱的人不能是一个快活的人，你害点小病就知道；也不能是一个心地慈祥的人，你偶尔头痛牙痛或是大便不通，旁人的言动笑貌分外显得讨厌。如果你相信身体羸弱不妨碍你做一个有道德的人，援甘地为例，那我就要问你：世间数得出几个甘地？而且甘地是否真像你们想象的那样羸弱？一切道德行为都由意志力出发。意志的“力”固然起于知识与信仰，似乎也有几分像水力电力蒸汽力，还是物质的动作发生出来的。这就是说，它和体力不是完全无关。世间意志力最薄弱的人怕要算鸦片烟鬼，你看过几个烟鬼身体壮健？你看过几个烟鬼不时常在打坏主意？意志力薄弱的人都懒，懒是万恶之源。就积极方面说，懒人没有勇气，应该奋斗时不能奋斗，遇事苟且敷衍，做不出好事来。就消极方面说，懒人一味朝抵抗力最低的路径走，经不起恶势力的引诱，惯欢喜做坏事。懒大半由于体质弱，燃料不够，所以马达不能开满。“健全精神宿于健全身体”。身体不健全而希望精神健全，那是希望奇迹。

其次是科学家的头脑。生活时时刻刻要应付环境，环境有应付的必要，就显得它有困难有问题。所以过生活就是解决环境困难所给的问题，做学问如此，做事业如此，立身处世也还是如此。一切问题的解决方法都须遵照一个原则，在紊乱的事实中找出一些条理秩序来。这些条理秩序就是产生答案的线索，好比侦探一个案件，你第一步必须搜集有关的事实，没有事实做根据，你无从破案；有事实而你不知怎样分析比较，你还是不一定能破案。会尊重事实，会搜集事实，会见出事实中间的关系，这就是科学家的本领。要得到这本领，你必须冷静、客观、虚心、谨慎，不动意气，不持成见，不因个人利害打算而歪曲真理。合理的世界才是完美的世界，世界所以有许多不合理的地方，就因为大部分人没有科学的头脑，见理不透。比如说，社会上许多贪污枉法的事，做这种事的人都有一个自私的动机，以为损害了社会，自己可以占便宜。其实社全弄得不稳定了，个人决不能享安乐。所以这种自私的人还是见理不透，没有把算盘打清楚。要社会一切合理化，要人生合理化，必须人人都明理，都能以科学的头脑去应付人生的困难。单就个人来说，一个头脑糊涂的人能在学问或事业上有伟大的成就，我是没有遇见过。

有艺术家的胸襟，才能彻底认识人生的价值，有丰富的精神生活，随处可以吸收深厚的生命力。

第三是宗教家的热忱。“过于聪明”的人（当然实在还是聪明不够）有时看空了一切，以为是非善恶悲喜成败反正都不过是那么一回事，让它去，干我什么？他们说：“安邦治国平天下，自有周公孔圣人。”人人都希望旁人做周公孔圣人，于是安邦治国平天下就永远是一场幻梦。宗教家大半盛于社会紊乱的时代，他们看到人类罪孽痛苦，心中起极大的悲悯，于是发下志愿，要把人类从水深火热中拯救出来，虽然牺牲了自己，也在所不惜，孔子说：“鸟兽不可与同群，吾非斯人之徒与而谁与？天下有道，丘不与易也”；释迦说：“我不入地狱，谁入地狱？”这都是宗教家的伟大抱负。他们不但发愿，而且肯拼命去做。耶稣的生平是极好的例证，他为着要宣传他的福音，不惜抛开身家妻子，和犹太旧教搏斗，和罗马帝国搏斗，和人世所难堪的许多艰难困苦搏斗，而终之以一死，终于以一个平民的力量掉翻了天下。古往今来许多成大事业者虽不必都是宗教家，却大半有宗教家的热忱。他们见得一件事应该做，就去做，就去做到底，以坚忍卓绝的精神战胜一切困难，百折不回。我们现在所处的是一个紊乱时代，积重难返，一般人都持鱼游釜中或是鸵鸟把眼睛埋在沙里不去看猎户的态度，苟求一日之安，这时候非有一种极大的力量不能把这局面翻转过来。没有人肯出这种力量，或是能出这力量，除非他有宗教家的慈悲心肠和宗教家的舍己为人街斗到底的决心毅力。

最后是艺术家的胸襟。自然节奏有起有伏，有张有弛，伏与弛不单是为休息，也不单是为破除单调，而是为精力的生养储蓄。科学易流于冷酷干枯，宗教易流于过分刻苦，它们都需要艺术的调剂。艺术是欣赏，在人生世相中抓住新鲜有趣的一面而流连玩索；艺术也是创造，根据而又超出现实世界，刻绘许多可能的意象世界出来，以供流连玩索。有艺术家的胸襟，才能彻底认识人生的价值，有丰富的精神生活，随处可以吸收深厚的生命力。我们一般人常困于饮食男女功名利禄的营求，心地常是昏浊，不能清明澈照；一个欲望满足了，另一个欲望又来，常是在不满足的状态中，常被不满足驱遣作无尽期的奴隶。名为一个人，实在是一个被动的机械，处处受环境支配，作不得自家的主宰。在被驱遣流转中，我们常是仓皇忙迫，尝无片刻闲暇，来凭高看一看世界，或是回头看一看自己；不消说得，世界对于我们是呆板的，我们对于自己也是空虚的。试问这种人活着有什么意味？能成就什么学问事业？所谓艺术家的胸襟就是在有限世界中做自由人的本领；有了这副本领，我们才能在急忙流转中偶尔驻足作一番静观默索，作一番反省回味，朝外可以看出世相的壮严，朝内可以看出人心的伟大。并且不仅看，我们还能创造出许多庄严的世相，伟大的人心。在创造时，我们依然是上帝，所以创造的快慰是人生最大的快慰。创造的动机是要求完美。迫令事实赶上理想；我们要把现实人生，现实世界改造得比较完美，也还是起于艺术的动机。

如果一个人具备这四大条件，他就不愧为完人了。我并不认为他是超人，因为体育选手、科学家、宗教家、艺术家，都不是神话中的人物，而是世间有血有肉的真实人物。以往有许多人争取过这些名号的。人家既然可以做得到，我就没有理由做不到。我们不能妄自菲薄，自暴自弃。

（载《青年杂志》第 1 卷第 3 期，1943 年 8 月）

选择与安排

与其用有限的力量于十件事上而不能把任何一件事情做好，不如以同样的力量集中在一件事上，把它做得斩钉截铁

在作文运思时，最重要而且最艰苦的工作不在搜寻材料，而在有了材料之后，将它们加以选择和安排，这就等于说，给它们一个完整有生命的形式。材料只是生糙的钢铁，选择与安排才显出艺术的锤炼刻划。就生糙的材料说，世间可想到可说出的话在大体上都已经从前人想过说过；然而后来人却不能因此就不去想不去说，因为每个人有他的特殊生活情境与经验，所想所说的虽大体上仍是那样的话，而想与说的方式却各不相同。变迁了形式，就变迁了内容。所以他所想所说尽管在表面上是老生常谈，而实际上却可以是一种新鲜的作品，如果选择与安排给了它一个新的形式，新的生命。“袅袅兮秋风，洞庭波兮木叶下”，在大体上和“菡萏香销翠叶残，西风愁起绿波间”表现同样的情致，而各有各的佳妙处，所以我们不能说后者对

于前者是重复或是抄袭。莎士比亚写过夏洛克以后，许多作家接着写过同样典型的守财奴（莫里哀的阿尔巴贡和巴尔扎克的葛朗台是著例），也还是一样入情入理。材料尽管大致相同，每个作家有他不同的选择与安排，这就是说，有他的独到的艺术手腕，所以仍可以有他的特殊的艺术成就。

最好的文章，像英国小说家斯威夫特所说的，须用“最好的字句在最好的层次”。找最好的字句要靠选择，找最好的层次要靠安排。其实这两桩工作在人生各方面都很重要，立身处世到处都用得着，一切成功和失败的枢纽都在此。在战争中我常注意用兵，觉得它和作文的诀窍完全相同。善将兵的人都知道兵在精不在多。精兵一人可以抵得许多人用，疲癃残疾和没有训练、没有纪律的兵愈多愈不易调动，反而成为累赘或障碍。一篇文章中每一个意思或字句就是一个兵，你在调用之前，须加一番检阅，不能作战的，须一律淘汰，只留下精锐，让他们各站各的岗位，各发挥各的效能。排定岗就是摆阵势，在文章上叫作“布局”。调兵布阵时，步、骑、炮、工、辎须有联络照顾，将、校、尉、士、卒须按部就班，全战线的中坚与侧翼，前锋与后备，尤须有条不紊。虽是精锐，如果摆布不周密，纪律不严明，那也就成为乌合之众，打不来胜仗。文章的布局也就是一种阵势，每一段就是一个队伍，摆在最得力的地位才可以发生最大的效用。

文章的通病总不外两种，不知选择和不知安排。第一步是选择。斯蒂文森说：文学是“裁剪的艺术”。裁剪就是选择的消极方面。有选择就必有排弃，有割爱。在兴酣采烈时，我们往往觉得自己所想到的意思样样都好，尤其是费过苦心得来的，要把它一笔勾销，似未免可惜。所以割爱是大难事，它需要客观的冷静，尤其需要谨严的自我批评。不知选择大半由于思想的懒惰和虚荣心所生的错觉。遇到一个题目来，不肯朝深一层想，只浮光掠影地凑合一些实在是肤浅陈腐而自以为新奇的意思，就把它们和盘托出。我常看大学生的论文，把一个题目所有的话都一五一十地说出来，每一点都约略提及，可是没有一点说得透彻，甚至前后重复或自相矛盾。如果有几个人同做一个题目，说的话和那话说出来的形式都大半彼此相同，看起来只觉得“天下老鸦一般黑”。这种文章如何能说服读者或感动读者？这里我们可以再就用兵打比譬，用兵致胜的要诀在占领要塞，击破主力。要塞既下，主力既破，其余一切就望风披靡，不攻自下。古人所以有“射人先射马，擒贼先擒王”的说法。如果虚耗兵力于无战略性的地点，等到自己的实力消耗尽了，敌人的要塞和主力还屹然未动，那还能希望打什么胜仗？做文章不能切中要害，错误正与此相同。在艺术和在自然一样，最有效的方式常是最经济的方式，浪费不仅是亏损而且也是伤害。与其用有限的力量于十件事上而不能把任何一件事做得好，不如以同样的力量集中在一件事上，把它做得斩钉截铁。做文章也是如此。世间没有说得完的话，你想把它说完，只见得你愚蠢；你没有理由可说人人都说话，除非你比旁人说得好，而这却不是把所有的话都说完所能办到的。每篇文章必有一个主旨，你须把着重点完全摆在这个主旨上，在这上面鞭辟入里，烘染尽致，使你所写的事理情态成一个世界，突出于其他一切世界之上，像浮雕突出于石面一样。读者看到，马上就可以得到一个强有力的印象，不由得他不受说服和感动。这就是选择，这就是攻坚破锐。

我们最好拿戏剧、小说来说明选择的道理。戏剧和小说都描写人和事。人和事的错综关系向来极繁复，一个人和许多人有因缘，一件事和许多事有联络，如果把这种关系辗转追溯下去，可以推演到无穷。一部戏剧或小说只在这无穷的人事关系中割出一个片段来，使它成为一个独立自足的世界，许多在其他方面虽有关系而在所写的一方面无大关系的事事物物，都须斩断撇开。我们在谈劫生辰纲的梁山泊好汉，生辰纲所要送到的那个豪贵场合也许值得描写，而我们却不能去管。谁不想知道哈姆雷特在威登堡的留学生活，但是我们现在只谈他的家庭悲剧，时间和空间的限制都不许我们搬到威登堡去看一看。再就划定的小范围来说，一种小说或戏剧须取一个主要角色或主要故事做中心，其余的人物故事穿插，须能烘托这主角的性格或理清这主要故事的线索，适可而止，多插一个人或一件事就显得臃肿繁芜。再就一个角色或一个故事的细节来说，那是数不尽的，你必须有选择，而选择某一细节，必须有它的典型性，选了它其余无数细节就都可不言而喻。悭吝人到处悭吝，吴敬梓在《儒林外史》里写严监生只挑选他临死时看见油灯里有两茎灯芯不闭眼一事。《红楼梦》对于妙玉着笔墨最少，而她那一副既冷僻又不忘情的心理却令我们一见不忘。刘老老吃过的茶杯她叫人掷去，却将自己用的绿玉斗斟茶给宝玉；宝玉做寿，众姊妹闹得欢天喜地，她一人枯坐参禅，却暗地递一张粉红笺的贺帖。寥寥数笔，把一个性格，一种情境，写得活灵活现。在这些地方多加玩索，我们就可悟出选择的道理。

选择之外，第二件事就是安排，就是摆阵势。兵家有所谓“常山蛇阵”，它的特点是“击首则尾应，击尾则首应，击腹则首尾俱应”。亚理斯多德在《诗学》里论戏剧结构说它要完整，于是替“完整”一词下了一个貌似平凡而实精深的定义：“我所谓完整是指一件事物有头，有中段，有尾。头无须有任何事物在前面笼盖着，而后面却必须有事物承接着。中段要前面既有事物笼盖着，后面又有事物承接着。尾须有事物在前面笼盖着，却不须有事物在后面承接着。”这与“常山蛇阵”的定义其实是一样。用近代语

割爱是大难事，
它需要客观的冷静，
尤其需要谨严的自我批评。

言来说，一个艺术品必须为完整的有机体，必须是一件有生命的东西。有生命的东西第一须有头有尾有中段，第二是头尾和中段各在必然的地位，第三是有一股生气贯注于全体，某一部分受影响，其余各部分不能麻木不仁。一个好的阵形应如此，一篇好的文章布局也应如此。一段话如果丢去仍于全文无害，那段话就是赘疣；一段话如果搬动位置仍于全文无害，那篇文章的布局就欠斟酌。布局愈松懈，文章的活力就愈薄弱。

从前中国文人讲文章义法，常把布局当作呆板的形式来谈，例如全篇局势须有起承转合，脉络须有起伏呼应，声调须有抑扬顿挫，命意须有正反侧，如作字画，有阴阳向背。这些话固然也有它们的道理，不过它们是由分析作品得来的，离开作品而空谈义法，就不免等于纸上谈兵。我们想懂得布局的诀窍，最好是自己分析完美的作品；同时，自己在写作时，多费苦心衡量斟酌，最好的分析材料是西方戏剧杰作，因为它们的结构通常都极严密。习作戏剧也是学布局的最好方法，因为戏剧须把动作表现于有限时间与有限空间之中，如果起伏呼应不紧凑，就不能集中观众的兴趣，产生紧张的情绪。我国史部要籍如《左传》、《史记》之类在布局上大半也特别讲究，值得细心体会。一篇完美的作品，如果细细分析，在结构上必具备下面的两个要件：

第一是层次清楚。文学像德国学者莱辛所说的，因为用在时间上承续的语文为媒介，是沿着一条线绵延下去。如果同时有许多事态线索，我们不能把它们同时摆在一个平面上，如同图画上许多事物平列并存；我们必须把它们在时间上分先后，说完一点，再接着说另一点，如此生发下去。这许多要说的话，谁说在先，谁说在后，须有一个层次。层次清楚，才有上文所说的头尾和中段。文章起头最难，因为起头是选定出发点，以后层出不穷的意思都由这出发点顺次生发出来，如幼芽生发出根干枝叶。文章有生发才能成为完整的有机体。所谓“生发”，是上文意思生发下文意思，上文有所生发，下文才有所承接。文章的“不通”有多种，最厉害的是上气不接下气，上段上句的意思没有交代清楚就搁起，下段下句的意思没有伏根就突然出现。顺着意思的自然生发脉络必有衔接，不致有脱节断气的毛病，而且意思可以融贯，不致有前后矛盾的毛病。打自己耳光，是文章最大的弱点。章实斋在韩退之《送孟东野序》里挑出过一个很好的例。上文说“凡物不得其平则鸣”，下文接着说“伊尹鸣商，周公鸣周”，伊尹、周公并非不得其平。这是自相矛盾，下文意思不是从上文意思很逻辑地生发出来。意思互相生发，就能互相呼应，也就能以类相聚，不相杂乱。杂乱有两种：一是应该在前一段说的话遗漏着不说，到后来一段不很相称的地方勉强插进去；一是在上文已说过的话到下文再重复说一遍。这些毛病的根由都在思想疏懈。思想如果谨严，条理自然缜密。

第二是轻重分明。文章不仅要分层次，尤其要分轻重。轻重犹如图画的阴阳光影，一则可以避免单调，起抑扬顿挫之致；二则轻重相形，重者愈显得重，可以产生较强的效果。一部戏剧或小说的人物和故事如果不分宾主，群龙无首，必定显得零乱芜杂。一篇说理文如果有五六层意思都平铺并重，它一定平滑无力，不能说服读者。艺术的特征是完整，完与整是相因的，整一才能完美。在许多意思并存时，想产生整一印象，它们必须轻重分明。文章无论长短，一篇须有一篇的主旨，一段须有一段的主旨。主旨是纲，由主旨生发出来的意思是目。纲必须能领目，目必须附丽于纲，尊卑就序，然后全体自能整一。“譬如北辰居其所而众星拱之”。一篇文章的主旨应有这种气象，众星也要分大小远近。主旨是着重点，有如照相投影的焦点，其余所有意思都附在周围，渐远渐淡。在文章中显出轻重通常不外两种办法：第一是在层次上显出。同是一个意思，摆的地位不同，所生的效果也就不同。不过我们不能指定某一地位是天然的着重点。起头有时可以成为着重点，因为它笼盖全篇，对读者可以生“先入为主”的效果；收尾通常不能不着重，虎头蛇尾是文章的大忌讳，作家往往一层深入一层地掘下去，不断地引起读者的好奇心，使他不能不读到终了，到终了主旨才见分晓，故事才告结束，谜语才露谜底。中段承上启下，也可以成为着重点，戏剧的顶点大半落在中段，可以为证。一个地位能否成为着重点，全看作者渲染烘托的技巧如何，我们不能定出法则，但是可以从分析名著（尤其是叙事文）中探得几分消息。其次轻重可以在篇幅分量上显出。就普遍情形说，意思重要，篇幅应占多；意思不重要，篇幅应占少。这不仅是为着题旨醒豁，也是要在比例匀称上显出一点波澜节奏，如同图画上的阴阳。轻重倒置在任何艺术作品中都是毛病。不过这也不能一概而论，名手立论或叙事，往往在四面渲染烘托，到了主旨所在，有如画龙点睛把而轻描淡写地掠过去，不多着笔墨。

从上面的话看来，我们可以知道文章有一定的理，没有一定的法。所以我们只略谈原理，不像一般文法修辞书籍，在义法上多加剖析。“大匠能诲人以规矩，不能使人巧。”知道文章作法，不一定就做出好文章。艺术的基本原则是寓变化于整齐，整齐易说，变化则全靠心灵的妙运，这是所谓“神而明之，存乎其人”了。

谈在卢佛尔宫所得的一个感想

遇见一种工作不仅要估量它的成功如何，还有问它是否由努力得来

朋友:

去夏访巴黎卢佛尔宫，得摩挲《蒙娜·丽莎》肖像的原迹，这是我生平一件最快意的事。凡是第一流美术作品都能使人在微尘中见出大千，在刹那中见出终古。雷阿那多·达·芬奇（Leonardo da Vinci）的这幅半身美人肖像纵横都不过十几寸，可是她的意蕴多么深广！佩特（Walter Pater）在《文艺复兴论》里说希腊、罗马和中世纪的特殊精神都在这一幅画里表现无遗。我虽然不知道佩特所谓希腊的生气，罗马的淫欲和中世纪的神秘是什么一回事，可是从那轻盈笑靥里我仿佛窥透人世的欢爱和人世的罪孽。虽则见欢爱而无留恋，虽则见罪孽而无畏惧。一切希冀和畏避的念头在霎时间都涣然冰释，只游心于和谐静穆的意境。这种境界我在贝多芬乐曲里，在《密罗

斯爱神》雕像里，在《浮士德》诗剧里，也常隐约领略过，可是都不如《蒙娜·丽莎》所表现的深刻明显。

我穆然深思，我悠然遐想，我想象到中世纪人们的热情，想象到达·芬奇作此画时费四个寒暑的精心结构，想象到丽莎夫人临画时听到四周的缓歌慢舞，如何发出那神秘的微笑。

正想得发呆时，这中世纪的甜梦忽然被现世纪的足音惊醒，一个法国向导领着一群四五十个男的女的美国人蜂拥而来了。向导操很拙劣的英语指着说："这就是著名的《蒙娜·丽莎》。"那班肥颈项胖乳房的人们照例露出几种惊奇的面孔，说出几个处处用得着的赞美的形容词，不到三分钟又蜂拥而去了。一年四季，人们尽管川流不息的这样蜂拥而来蜂拥而去，丽莎夫人却时时刻刻在那儿露出你不知道是怀善意还是怀恶意的微笑。

从观赏《蒙娜·丽莎》的群众回想到《蒙娜·丽莎》的作者，我登时发生一种不调和的感触，从中世纪到现世纪，这中间有多么深多么广的一条鸿沟！中世纪的旅行家一天走上二百里已算飞快，现在坐飞艇不用几十分钟就可走几百里了。中世纪的著作家要发行书籍须得请僧侣或抄胥用手抄写，一个人朝于斯夕于斯的，一年还不定能抄完一部书，现在大书坊每日可出书万卷，任何人都可以出文集诗集了。中世纪许多书籍是新奇的，连在近代，以培根、笛卡儿那样渊博，都没有机会窥亚

我记得这几句话，所以能惊赞热烈的失败，能欣赏一般人所嗤笑的呆气和空想，能景仰不计成败的艰苦卓绝的努力。

理斯多德的全豹，近如包慎伯到三四十岁时才有一次机会借阅《十三经注疏》。现在图书馆林立，贩夫走卒也能博通上下古今了。中世纪画《蒙娜·丽莎》的人须自己制画具自己配颜料，作一幅画往往须三年五载才可成功，现在美术家每日可以成几幅乃至于十几幅“创作”了。中世纪人想看《蒙娜·丽莎》须和作者或他的弟子有交谊，真能欣赏他，才能侥幸一饱眼福，现在卢佛尔宫好比十字街，任人来任人去了。

这是多么深多么广的一条鸿沟！据历史家说，我们已跨过了这鸿沟，所以我们现代文化比中世纪进步得多了。话虽如此说，而我对着《蒙娜·丽莎》和观赏《蒙娜·丽莎》的群众，终不免有所怀疑，有所惊惜。

在这个现世纪忙碌的生活中，那里还能找出三年不窥园、十年成一赋的人？哪里还能找出深通哲学的磨镜匠，或者行乞读书的苦学生？现代科学和道德信条都比从前进步了，哪里还能迷信宗教崇尚侠义？我们固然没有从前人的呆气，可是我们也没有从前人的苦心与热情了。别的不说，就是看《蒙娜·丽莎》也只像看破烂朝报了。

科学愈进步，人类征服环境的能力也愈大。征服环境的能力愈大，的确是人生一大幸福。但是它同时也易生流弊。困难日益少，而人类也愈把事情看得太容易，做一件事不免愈轻浮粗率，而坚苦卓绝的成就也便日益稀罕。比方从纽约到巴黎还像从前乘帆船时要经许多时日，冒许多危险，美国人穿过卢佛尔宫决不会像他们穿过巴黎香榭里雪街一样匆促。我很坚决的相信，如果美国人所谓“效率”（efficiency）以外，还有其他标准可估定人生价值；现代文化至少含有若干危机的。

“效率”以外究竟还有其他估定人生价值的标准么？要回答这个问题，我们最好拿法国理姆（Reims）亚眠（Amiens）各处几个中世纪的大教寺和纽约一座世界最高的钢铁房屋相比较。或者拿一幅湘绣和杭州织锦相比较，便易明白。如只论“效率”，杭州织锦和美国钢铁房屋都是一样机械的作品，较之湘绣和理姆大教寺，费力少而效率差不多总算没有可指摘之点。但是刺湘绣的闺女和建筑中世纪大教寺的工程师在工作时，刺一针线或叠一块砖，都要费若干心血，都有若干热情在后面驱遣，他们的心眼都钉在他们的作品上，这是近代只讲“效率”的工匠们所诧为呆拙的。织锦和钢铁房屋用意只在适用，而湘绣和中世纪建筑于适用以外还要能慰情，还要能为作者力量气魄的结晶，还要能表现理想与希望。假如这几点在人生和文化上自有意义与价值，“效率”决不是唯一的估定价值的标准，尤其不是最高品的估定价值的标准。最高品估定价值的标准一定要著重人的成分（human element），遇见一种工作不仅估量它的成功如何，还有问它是否由努力得来的，是否为高尚理想与伟大人格之表现。如果它是经过努力而能表现理想与人格的工作，虽然结果失败了，我们也得承认它是有价值的。这个道理布朗宁（Browning）在 Rabbi Ben Ezva 那篇诗里说得最精透，我不会翻译，只择几段出来让你自己去玩味：

Not on the vulgar mass
Called "work", must Sentence pass,
Things done, that took the eye and had the price;
O'er which, from level stand,
The low world laid its shand,
Found straight way to its mind, could value in a trice:
But all, the world's coarse thumb
And finger failed to plumb,
So passed in making up the main account;
All instincts immature,
All purposes unsure,
That weighed not ash is work, yet swelled the man's amount:

Thoughts hardly to be packed

Into an arrow act,

Fancies that broke through thoughts and escaped:

All I could never be,

All, men ignored in me,

This I was worth to God, whose wheel the pitcher shaped.

这几段诗在我生平所给的益处最大。我记得这几句话，所以能惊赞热烈的失败，能欣赏一般人所嗤笑的呆气和空想，能景仰不计成败的坚苦卓绝的努力。

假如我的十二封信对于现代青年能发生毫末的影响，我尤其虔心默祝这封信所宣传的超“效率”的估定价值的标准能印入个个读者的心孔里去；因为我所知道的学生们、学者们和革命家们都太贪容易，太浮浅粗疏，太不能深入，太不能耐苦，太类似美国旅行家看《蒙娜·丽莎》了。

你的朋友　孟实

生生不息的趣味才是活的趣味，
像死水一般静止的趣味必定陈腐。
活的趣味时时刻刻在发现新境界，
死的趣味老是囿在一个窄狭的圈子里。

肆

Chapter Four

生生不息的趣味
才是活的趣味

谈休息

人须有生趣才能有生机

在世界各民族中，我们中国人要算是最能刻苦耐劳的。第一是农人。他们日出而作，日入而息，不分阴晴冷暖，总是硬着头皮，流着血汗，忙个不休。一年之中，他们最多只能在过年过节时歇上三五天，你如果住在乡下，常看他们在炎天烈日下车水拔草，挑重担推重车上高坡，或是拉牵绳拖重载船上急滩，你对他们会起敬心也会起怜悯心，觉得他们虽是人，却在做牛马的工作，过牛马的生活。读书人比较算是有闲阶级，但在未飞黄腾达以前，也要经过一番艰苦的奋斗。从前私塾学生从天亮到半夜，都有规定的课程，休息对于他们是一个稀奇的名词。小学生们只有在先生打瞌睡时偷耍一阵，万一先生不打瞌睡，就只有找藉口逃学。从前读书人误会“自强不息”的意思，以为“不息”就是不要休息。十年不下楼、十年不窥园、囊萤刺股、发愤忘食之类的故事在读书人中传为美谈，奉为模范。近代学校教育比从前私塾教育似乎也并不轻松多少。从小学以至大学，功课都太繁重，每日除上六七小时课外还要看课本做练习。世界各国学校上课钟点之多，假期之短少，似没有比得上我们的。

这种刻苦耐劳的精神原可佩服，但是对于身心两方的修养却是极大的危害。最刻苦耐劳的是我们中国人，体格最羸弱而工作最不讲效率的也是我们中国人。这中间似不无密切关系。我们对于休息的重要性太缺乏彻底的认识了。它看来虽似小问题，却为全民族的生命力所关，不能不提出一谈。

自然界事物都有一个节奏。脉搏一起一伏，呼吸一进一出，筋肉一张一弛，以至日夜的更替，寒暑的往来，都有一个劳动和休息的道理在内。草木和虫豸在冬天要枯要眠，土壤耕种了几年之后须休息，连机器输电灯线也不能昼夜不息地工作。世间没有一件事物能在一个状态维持到久远的，生命就是变化，而变化都有一起一伏的节奏，跳高者为着跳得高，先蹲着很低；演戏者为着造成一个紧张的局面，先来一个轻描淡写；用兵者守如处女，才能出如脱兔；唱歌者为着要拖长一个高音，先须深深地吸一口气。事例是不胜枚举的。世间固然有些事可以违拗自然去勉强，但是勉强也有它的限度。人的力量，无论是属于身或属于心的，到用过了限度时，必定是由疲劳而衰竭，由衰竭而毁灭。譬如弓弦，老是尽量地拉满不放松，结果必定是裂断。我们中国人的生活常像满引的弓弦，只图张的速效，不顾弛的蓄力，所以常在身心具惫的状态中。这是政教当局所必须设法改善的。

一般人以为多延长工作的时间就可以多收些效果，比如说，一天能走一百里路，多走一天，就可以多走一百里路，如此天天走着不歇，无论走得多久，都可以维持一百里的速度。凡是走过长路的人都知道算盘打得不很精确，走久了不歇，必定愈走愈慢，以至完全走不动。我们走路的秘诀，“不怕慢，只怕站”，实在只是片面的真理。永远站着固然不行，永远不站也不一定能走得远，不站就须得慢，慢有时延误事机；而偶尔站站却不至于慢，站后再走是加速度的唯一办法。我们中国人做事的通病就在怕站而不怕慢，慢条斯理地不死不活地望前挨，说不做而做着并没有歇，说做却并没有做出什么名色来。许多事就这样因循耽误了。我们只讲工作而不讲效率，在现代社会中，不讲效率，就要落后。西方各国都把效率看做一个迫切的问题，心理学家对这问题做了无数的实验，所得的结论是以同样时间去做同样工作，有休息的比没有休息的效率大得多。比如说，一长页的算学加法习题，继续不断地去做要费两点钟，如果先做五十分钟，继以二十分钟的休息，再做五十分钟，也还可以做完，时间上无损失而错误却较少。西方新式工厂大半都宁静才能有丰富的生趣和生机，而没有充分休息做优游涵泳的工夫的人们决难宁静。

已应用这个原则去调节工作和休息的时间，结果工人的工作时间虽然少了，雇主的出品质量反而增加了。一般人以为休息是浪费时间，其实不休息的工作才真是浪费时间。此外还有精力的损耗更不经济。拿中国人与西方人相比，可工作的年龄至少有二十年的差别，我们到五六十岁就衰老无能为，他们那时还正年富力强，事业刚开始，这分别有多大！

休息不仅为工作蓄力，而且有时工作必须在休息中酝酿成熟。法国大数学家潘家赉研究数学上的难题，苦思不得其解，后来跑到街上闲逛，原来费尽气力不能解决的难题却于无意中就轻轻易易地解决了。据心理学家的解释，有意识作用的工作须得退到潜意识中酝酿一阵，才得着土生根。通常我们在放下一件工作之后，表面上似在休息，而实际上潜意识中那件工作还在进行，詹姆斯有“夏天学溜冰，冬天学泅水”的比喻，溜冰本来是前冬练习的，今夏无冰可溜，自然就想不到溜冰，算是在休息，但是溜冰的筋肉技巧却恰巧此时凝固起来。泅水也是如此，一切学习都如此。比如我们学写字，用功甚勤，进步总是显得很慢，有时甚至越写越坏。但是如果停下一些时候再写，就猛然觉得字有进步。进步之后又停顿，停顿之后又进步，如此辗转多次，字才易写得好。习字需要停顿，也是因为要有时间让筋肉技巧在潜意识中酝酿凝固。习字如此，习其他技术也是如此。休息的工夫并不是白费的，它的成就往往比工作的成就更重要。

《佛说四十二章经》里有一段故事，戒人为学不宜操之过急，说得很好：

“沙门夜诵迦叶佛教遗经，其声悲紧，思悔欲退。佛问之曰：‘汝昔在家，曾为何业？’对曰：‘爱弹琴。’佛言：‘弦缓如何？’对曰：‘不鸣矣。’‘弦急如何？’对曰：‘声绝矣。’‘急缓得中如何？’对曰：‘诸音普矣。’佛言：‘沙门学道亦然。心若调适，道可得矣。于道若暴，暴即身疲；其身若疲，意即生恼；意若生恼，行即退矣。’”

我国先儒如程朱诸子教人为学，亦常力戒急迫，主张“优游涵泳”。这四字含有妙理，它所指的工夫是猛火煎后的慢火煨，紧张工作后的潜意识的酝酿。要“优游涵泳”，非有充分休息不可。大抵治学和治事，第一件要事是清明在躬，从容而灵活，常做得自家的主宰，提得起也放得下。急迫躁进最易误事。我有时写字或作文，在意兴不佳或微感倦怠时，手不应心，心里愈想好，而写出来的愈坏，在此时仍不肯丢下，带着几分气忿的念头勉强写下去，写成要不得就扯去，扯去重写仍是要不得，于是愈写愈烦躁，愈烦躁也就写得愈不像样。假如在发现神志不旺时立即丢开，在乡下散步，吸一口新鲜空气，看看蓝天绿水，陡然间心旷神怡，回头来再伏案做事，便觉精神百倍，本来做得很艰苦而不能成功的事，现在做起来却有手挥目送之乐，轻轻易易就做成了。不但作文写字如此，要想任何事做得好，做时必须精神饱满，工作成为乐事。一有倦怠或烦躁的意思，最好就把它搁下休息一会儿，让精神恢复后再来。

人须有生趣才能有生机。生趣是在生活中所领略得的快乐，生机是生活发扬所需要的力量。诸葛武侯所谓“宁静以致远”就包含生趣和生机两个要素在内，宁静才能有丰富的生趣和生机，而没有充分休息做优游涵泳的工夫的人们决难宁静。世间有许多过于辛苦的人，满身是尘劳，满腔是杂念，时时刻刻都为环境的需要所驱遣，如机械一般流转不息，自己做不得自己的主宰，呆板枯燥，没有一点生人之趣。这种人是环境压迫的牺牲者，没有力量抬起头来驾驭环境或征服环境，在事业和学问上都难有真正的大成就。我认识许多穷苦的农人，孜孜不辍的老学究和一天在办公室坐八小时的公务员，都令我起这种感想。假如一个国家里都充满着这种人，我们很难想像出一个光明世界来。

基督教的圣经叙述上帝创造世界的经过，于每段工作完成之后都赘上一句说：“上帝看看他所做的事，看，每一件都很好！”到了第七天，上帝把他的工作都完成了，就停下来休息，并且加福于这第七天，因为在这一天他能够休息。这段简单的文字很可耐人寻味。我们不但需要时间工作，尤其需要时间对于我们所做的事回头看一看，看出它很好；并且工作完成了，我们需要一天休息来恢复疲劳的精神，领略成功的快慰。这一天休息的日子是值得“加福的”，“神圣化的”（圣经里所用的字时 blessed and sanctified）。在现代紧张的生活中，我们“车如流水马如龙”地向前直滚，曾不留下一点时光做一番静观和回味，以至华严世相都在特别快车的窗子里滑了过去，而我们也只是轮回戏盘中的木人木马，有上帝的榜样在那里而我们不去学，岂不是浪费生命！

我生平最爱陶渊明在自祭文里所说的两句话：“勤靡余劳，心有常闲。”上句是尼采所说的狄俄倪索斯的精神，下句即是阿波罗的精神。动中有静，常保存自我主宰，这是修养的极境，人事算尽了，而神仙福分也就在尽人事中享着。现代人的毛病是“勤有余劳，心无偶闲”。这毛病不仅使生活索然寡味，身心俱惫，于事劳而无功，而且使人心地驳杂，缺乏冲和弘毅的气象，日日困于名缰利锁，叫整个世界日趋于干枯黑暗。但丁描写魔鬼在地狱中受酷刑，常特别着重“不停留”或“无间断”的字样。“不停留”“无间断”自身就是一种惩罚，甘受这种惩罚的人们是甘愿人间成为地狱，上帝的子孙们，让我们跟着他的榜样，加福于我们工作之后休息的时光啊！

文学的趣味

生生不息的趣味才是活的趣味

文学作品在艺术价值上有高低的分别，鉴别出这高低而特有所好，特有所恶，这就是普通所谓趣味。辨别一种作品的趣味就是评判，玩索一种作品的趣味就是欣赏，把自己在人生自然或艺术中所领略得的趣味表现出就是创造。趣味对于文学的重要于此可知。文学的修养可以说就是趣味的修养。趣味是一个比喻，由口舌感觉引申出来的。它是一件极寻常的事，却也是一件极难的事。虽说“天下之口有同嗜”，而实际上“人莫不饮食也，鲜能知味”。它的难处在于没有固定的客观的标准，而同时又不能全凭主观的抉择。说完全没有客观标准吧，文章的美丑犹如食品的甜酸，究竟容许公是公非的存在；说完全可以凭客观的标准吧，一般人对于文学作品的欣赏有许多个别的差异，正如有人嗜甜，有人嗜辣。在文学方面下过一番功夫的人都明白文学上趣味的分别是极微妙的，差之毫厘往往谬以千里。极深厚的修养常在毫厘之差上见出，极艰苦的磨炼也常是在毫厘之差上做功夫。

举一两个实例来说。南唐中主的《浣溪沙》是许多读者所熟读的：

菡萏香销翠叶残，西风愁起绿波间。还与韶光共憔悴，不堪看。

细雨梦回鸡塞远，小楼吹彻玉笙寒。多少泪珠何限恨，倚阑干。

冯正中、王荆公诸人都极赏“细雨梦回”二句，王静安在《人间词话》里却说：“菡萏香销二句大有众芳芜秽美人迟暮之感，乃古今独赏其细雨梦回二句，故知解人正不易得。”《人间词话》又提到秦少游的《踏莎行》，这首词最后两句是“郴江幸自绕郴山，为谁流下潇湘去”，最为苏东坡所叹赏，王静安也不以为然：“少游词境最为凄婉，至‘可堪孤馆闭春寒，杜鹃声里斜阳暮’，则变而为凄厉矣。东坡赏其后二语，犹为皮相。”

这种优秀的评判正足见趣味的高低。我们玩味文学作品时，随时要评判优劣，表示好恶，就随时要显趣味的高低。冯正中、王荆公、苏东坡诸人对于文学不能说算不得“解人”，他们所指出的好句也确实是好，可是细玩王静安所指出的另外几句，他们的见解确不无可议之处，至少是“郴江绕郴山”二句实在不如“孤馆闭春寒”二句。几句中间的差别微妙到不易分辨的程度，所以容易被人忽略过去。可是它所关却极深广，赏识“郴江绕郴山”的是一种胸襟，赏识“孤馆闭春寒”的另是一种胸襟；同时，在这一两首词中所用的鉴别的眼光可以用来鉴别一切文艺作品，显出同样的抉择，同样的好恶，所以对于一章一句的欣赏大可见出一个人的一般文学趣味。好比善饮酒者有敏感鉴别一杯酒，就有敏感鉴别一切的酒。趣味其实就是这样的敏感。离开这一点敏感，文艺就无由欣赏，好丑妍媸就变成平等无别。

不仅欣赏，在创作方面我们也需要纯正的趣味。每个作者必须是自己的严正的批评者，他在命意布局遣词造句上都须辨析锱铢，审慎抉择，不肯有一丝一毫的含糊敷衍。他的风格就是他的人格，而造成他的特殊风格的就是他的特殊趣味。一个作家的趣味在他的修改锻炼的功夫上最容易见出。西方名家的稿本多存在博物馆，其中修改的痕迹最足发人深省。中国名家修改的痕迹多随稿本淹没，但在笔记杂著中也偶可见一斑。姑举一例。黄山谷的《冲雪宿新寨》一首七律的五六两句原为

想获得一种新趣味，
往往须战胜一种很顽强的抵抗力。

"俗学近知回首晚，病身全觉折腰难"。这两句本甚好，所以王荆公在都中听到，就击节赞叹，说"黄某非风尘俗吏"。但是黄山谷自己仍不满意，最后改为"小吏有时须束带，故人颇问不休官"。这两句仍是用陶渊明见督邮的典故，却比原文来得委婉又含蓄。弃彼取此，亦全凭趣味。如果在趣味上不深究，黄山谷既写成原来两句，就大可苟且偷安。

以上谈欣赏和创作，摘句说明，只是为其轻而易举，其实一切文艺上的好恶都可作如是观。你可以特别爱好某一家，某一体，某一时代，某一派别，把其余都看成左道狐禅。文艺上的好恶往往和道德上的好恶同样地强烈深固，一个人可以在趣味异同上区别敌友，党其所同，伐其所异。文学史上许多派别，许多笔墨官司，都是这样起来的。

在这里我们会起疑问：文艺的好坏，爱憎起于好坏，好的就应得一致爱好，坏的就应得一致憎恶，何以文艺的趣味有那么大的纷歧呢？你拥护六朝，他崇拜唐宋；你赞赏苏辛，他推尊温李，纷纭扰攘，莫衷一是。作品的优越不尽可为凭，莎士比亚、布莱克、华兹华斯一般开风气的诗人在当时都不很为人重视。读者的深厚造诣也不尽可为凭，托尔斯泰攻击莎士比亚和歌德，约翰逊看不起弥尔顿，法朗士讥诮荷马和维吉尔。这种趣味的纷歧是极有趣的事实。粗略地分析，造成这事实的有下列几个因素：

第一是资禀性情。文艺趣味的偏向在大体上先天已被决定。最显著的是民族根性。拉丁民族最喜欢明晰，条顿民族最喜欢力量，希伯来民族最喜欢严肃，他们所产生的文艺就各具一种风格，恰好表现他们的国民性。就个人论，据近代心理学的研究，许多类型的差异都可以影响文艺的趣味。比如在想象方面，“造型类”人物要求一切像图画那样一目了然，“涣散类”人物喜欢一切像音乐那样迷离隐约；在性情方面，“硬心类”人物偏袒阳刚，“软心类”人物特好阴柔；在天然倾向方面，“外倾”者喜欢戏剧式的动作，“内倾”者喜欢独语体诗式的默想。这只是就几个荦荦大端来说，每个人在资禀性情方面还有他的特殊个性，这和他的文艺的趣味也密切相关。

其次是身世经历。《世说新语》中谢安有一次问子弟：“《毛诗》何句最佳？”谢玄回答：“昔我往矣，杨柳依依；今我来思，雨雪霏霏。”谢安表示异议，说：“讦谟定命，远猷辰告句有雅人深致。”这两人的趣味不同，却恰合两人不同的身分。谢安自己是当朝一品，所以特别能欣赏那形容老成谋国的两句；谢玄是翩翩佳公子，所以那流连风景，感物兴怀的句子很合他的口胃。本来文学欣赏，贵能设身处地去体会。如果作品所写的与自己所经历的相近，我们自然更容易了解，更容易起同情。杜工部的诗在这抗战期中读起来，特别亲切有味，也就是这个道理。

第三是传统习尚。法国学者泰纳著《英国文学史》，指出“民族”、“时代”、“周围”为文学的三大决定因素，文艺的趣味也可以说大半受这三种势力形成。各民族、各时代都有它的传统，每个人的“周围”（法文 milieu 略似英文 circle，意谓“圈子”，即常接近的人物，比如说，属于一个派别就是站在那个圈子里）都有它的习尚。在西方，古典派与浪漫派、理想派与写实派；在中国，六朝文与唐宋古文，选体诗、唐诗和宋诗，五代词、北宋词和南宋词，桐城派古文和阳湖派古文，彼此中间都树有很森严的壁垒。投身到某一派旗帜之下的人就觉得只有那一派是正统，阿其所好，以至目空其余一切。我个人与文艺界朋友的接触，深深地感觉到传统习尚所产生的一些不愉快的经验。我对新文学属望很殷切，费尽千言万语也不能说服国学耆宿们，让他们相信新文学也自有一番道理。我也很爱读旧诗文，向新文学作家称道旧诗文的好处，也被他们嗤为顽腐。此外新旧文学家中又各派别之下有派别，京派海派，左派右派，彼此相持不下。我冷眼看得很清楚，每派人都站在一个“圈子”里，那圈子就是他们的“天下”。

一个人在创作和欣赏时所表现的趣味，大半由上述三个因素决定。资禀性情、身世经历和传统习尚，都是很自然地套在一个人身上的，轻易不能摆脱，而且它们的影响有好有坏，也不必完全摆脱。我们应该做的功夫是根据固有的资禀性情而加以磨砺陶冶，扩充身世经历而加以细心的体验，接收多方的传统习尚而求截长取短，融会贯通。这三层工夫就是普通所谓学问修养。纯恃天赋的趣味不足为凭，纯恃环境影响造成的趣味也不足为凭，纯正的可凭的趣味必定是学问修养的结果。

孔子有言:“知之者不如好之者，好之者不如乐之者”，仿佛以为知、好、乐是三层事，一层深一层；其实在文艺方面第一难关是知，能知就能好，能好就能乐。知、好、乐三种心理活动融为一体，就是欣赏，而欣赏所凭的就是趣味。许多人在文艺趣味上有欠缺，大半由于在知上有欠缺。

有些人根本不知，当然不会感到趣味，看到任何好的作品都如蠢牛听琴，不起作用。这是精神上的残废。犯这种毛病的人失去大部分生命的意味。

有些人知得不正确，于是趣味低劣，缺乏鉴别力，只以需要刺激或麻醉，取恶劣作品疗饥过瘾，以为这就是欣赏文学。这是精神上的中毒，可以使整个的精神受腐化。

有些人知得不周全，趣味就难免窄狭，像上文所说的，被囿于某一派别的传统习尚，不能自拔。这是精神上的短视，“坐井观天，诬天藐小”。

要诊治这三种流行的毛病，唯一的方剂是扩大眼界，加深知解。一切价值都由比较得来，生长在平原，你说一个小山坡最高，你可以受原谅，但是你错误。“登东山而小鲁，登泰山而小天下”，那“天下”也只是孔子所能见到的天下。要把山估计得准确，你必须把世界名山都游历过，测量过。研究文学也是如此，你玩索的作品愈多，种类愈复杂，风格愈纷歧，你的比较资料愈丰富，透视愈正确，你的鉴别力（这就是趣味）也就愈可靠。

人类心理都有几分惰性，常以先入为主，想获得一种新趣味，往往须战胜一种很顽强的抵抗力。许多旧文学家不能欣赏新文学作品，就因为这个道理。就我个人的经验来说，起初习文言文，后来改习语体文，颇费过一番冲突与挣扎。在才置信语体文时，对文言文颇有些反感，后来多经摸索，觉得文言文仍有它的不可磨灭的价值。专就学文言文说，我起初学桐城派古文，跟着古文家们骂六朝文的绮靡，后来稍致力于六朝人的著作，才觉得六朝文也有为唐宋文所不可及处。在诗方面我从唐诗入手，觉宋诗索然无味，后来读宋人作品较多，才发现宋诗也特有一种风味。我学外国文学的经验也大致相同，往往从笃嗜甲派不了解乙派，到了解乙派而对甲派重新估定价值。我因而想到培养文学趣味好比开疆辟土，须逐渐把本来非我所有的征服为我所有。英国诗人华兹华斯说道:“一个诗人不仅要创造作品，还要创造能欣赏那种作品的趣味。”我想不仅作者如此，读者也须时常创造他的趣味。生生不息的趣味才是活的趣味，像死水一般静止的趣味必定陈腐。活的趣味时时刻刻在发现新境界，死的趣味老是囿在一个窄狭的圈子里。这道理可以适用于个人的文学修养，也可以适用于全民族的文学演进史。

生命

刹那中自有终古，微尘中自有大千

说起来已是二十年前事了。如今我还记得清楚，因为那是我生平中一个最深刻的印象。有一年夏天，我到苏格兰西北海滨一个叫作爱约夏的地方去游历，想趁便去拜访农民诗人彭斯的草庐。那一带地方风景仿佛像日本内海而更曲折多变化。海湾伸入群山间成为无数绿水映着青山的湖。湖和山都老是那样恬静幽闲而且带着荒凉景象，几里路中不容易碰见一个村落，处处都是山、谷、树林和草坪。走到一个湖滨，我突然看见人山人海，男的女的，老的少的，穿深蓝大红衣服的，褴褛蹒跚的，蠕蠕蠢动，闹得喧天震地：原来那是一个有名的浴场。那是星期天，人们在城市里做了六天的牛马，来此过一天快活日子。他们在炫耀他们的服装，他们的嗜好，他们的皮肉，他们的欢爱，他们的文雅与村俗。像湖水的波涛汹涌一样，他们都投在生命的狂澜里，尽情享一日的欢乐。就在这么一个场合中，一位看来像是皮鞋匠的牧师在附近草坪中竖起一个讲台向寻乐的人们布道。他也吸引了一大群人。他喧嚷，群众喧嚷，湖水也喧嚷，他的话无从听清楚，只有“天国”、“上帝”、“忏悔”、“罪孽”几个较熟的字眼偶尔可以分辨出来。那群众常是流动的，时而由湖水里爬上来看牧师，时而由牧师那里走下湖水。游泳的游泳，听道的听道，总之，都在凑热闹。

对着这场热闹，我伫立凝神一返省，心里突然起了一阵空虚寂寞的感觉，我思量到生命的问题。摆在我们面前的显然就是生命。我首先感到的是这生命太不调和。那么幽静的湖山当中有那么一大群嘈杂的人在嬉笑取乐，有如佛堂中的蚂蚁抢搬虫尸，已嫌不称；又加上两位牧师对着那些喝酒，抽烟，穿着游泳衣裸着胳膊大腿卖眼色的男男女女讲“天国”和“忏悔”，这岂不是对于生命的一个强烈的讽刺？约翰授洗者在沙漠中高呼救世主来临的消息，他的声音算是投在虚空中了。那位苏格兰牧师有什么可比的约翰？他以布道为职业，于道未必有所知见，不过剽窃一些空洞的教门中语扔到头脑空洞的人们的耳里，岂不是空虚而又空虚？推而广之，这世间一切，何尝不都是如此？比如那些游泳的人们在尽情欢乐，虽是热烈，却也很盲目，大家不过是机械地受生命的动物的要求在鼓动驱遣，太阳下去了，各自回家，沙滩又恢复它的本来的清寂，有如歌残筵散。当时我感觉空虚寂寞者在此。

但是像那一大群人一样，我也欣喜赶了一场热闹，那一天算是没有虚度，于今回想，仍觉那回事很有趣。生命像在那沙滩所表现的，有图画家所谓阴阳向背，你跳进去扮演一个角色也好，站在旁边闲望也好，应该都可以叫你兴高采烈。在那一顷刻，生命在那些人们中动荡，他们领受了生命而心满意足了，谁有权去鄙视他们，甚至于怜悯他们？厌世嫉俗者一半都是妄自尊大，我惭愧我有时未能免俗。

孔子看流水，发过一个最深永的感叹，他说："逝者如斯夫，不舍昼夜！"生命本来就是流动，单就"逝"的一方面来看，不免令人想到毁灭与空虚；但是这并不是有去无来，而是去的若不去，来的就不能来；生生不息，才能念念常新。莎士比亚说生命"像一个白痴说的故事，满是声响和愤激，毫无意义，"虽是慨乎言之，却不是一句见道之语。生命是一个说故事的人，虽老是抱着那么陈腐的"母题"转，而每一顷刻中的故事却是新鲜的，自有意义的。这一顷刻中有了新鲜有意义的故事，这一顷刻中我们心满意足了，这一顷刻的生命便不能算是空虚。生命原是一顷刻接着一顷刻地实现，好在它"不舍昼夜"。算起总账来，层层实数相加，决不会等于零。人们不抓住每一顷刻在实现中的人生，而去追究过去的原因与未来的究竟，那就犹如在相加各项数目的总和之外求这笔加法的得数。追究最初因与最后果，都要走到“无穷追溯”（reduction a dinfintum)。这道理哲学家们本应知道，而爱追究最初因与最后果的偏偏是些哲学家们。这不只是不谦虚，而且是不通达。一件事物实现了，它的形相在那里，它的原因和目的也就在那里。种中有果，果中也有种，离开一棵植物无所谓种与果，离开种与果也无所谓一棵植物（像我的朋友废名先生在他的《阿赖耶识论》里所说明的)。比如说一幅画，有什么原因和目的！它现出一个新鲜完美的形相，这岂不就是它的生命，它的原因，它的目的？

且再拿这幅画来比譬生命。我们过去生活正如画一幅画，当前我们所要经心的不是这幅画画成之后会有怎样一个命运，归于永恒或是归于毁灭，而是如何把它画成一幅画，有画所应有的形相与生命。不求诸抓得住的现在而求诸渺茫不可知的未来，这正如佛经所说的身怀珠玉而向他人行乞。但是事实上许多人都在未来的永恒或毁灭上打计算。波斯大帝带着百万大军西征希腊，过海勒斯朋海峡时，他站在将台看他的大军由船桥上源源不绝地渡过海峡，他忽然流涕向他的叔父说：“我想到人生的短促，看这样多的大军，百年之后，没有一个人还能活着，心里突然起了阵哀悯。”他的叔父回答说：“但是人生中还有更

生命是一个说故事的人，虽老是抱着那么陈腐的『母题』转，而每一顷刻中的故事却是新鲜的，自有意义的。

可哀的事咧，我们在世的时间虽短促，世间没有一个人，无论在这大军之内或在这大军之外，能够那样幸运，在一生中不有好几次不愿生而宁愿死。”这两人的话都各有至理，至少是能反映大多数人对于生命的观感。嫌人生短促，于是设种种方法求永恒。秦皇汉武信方士，求神仙，以及后世道家炼丹养气，都是妄想所谓“长生”。“服食求神仙，多为药所误，不如饮美酒，被服纨与素”，这本是诗人愤疾之言，但是反话大可作正话看；也许作正话看，还有更深的意蕴。说来也奇怪，许多英雄豪杰在生命的流连上都未能免俗，我因此想到曹孟德的遗嘱：

吾死之后，葬于邺之西冈上，妾与妓人皆着铜雀台，台上施六尺床，下穗帐。朝哺上酒脯粮糒之属，每月朔十五，辄向帐前作伎，汝等时登台望吾西陵墓田。

他计算得真周到，可怜虫！谢朓说得好：

穗帷飘井干，樽酒若平生。
郁郁西陵树，讵闻歌吹声！

孔子毕竟是达人，他听说桓司马自为石郭，三年而不成，便说“死不如速朽之为愈也”。谈到朽与不朽问题，这话也很难说。我们固无庸计较朽与不朽，朽之中却有不朽者在。曹孟德朽了，铜雀台妓也朽了，但是他的那篇遗嘱，何逊谢朓李贺诸人的铜雀台诗，甚至于铜雀台一片瓦，于今还叫讽咏摩挲的人们欣喜赞叹。“前水复后水，古今相续流”，历史原是纳过去于现在，过去的并不完全过去。其实若就种中有果来说，未来的也并不完全未来。这现在一顷刻实在伟大到不可思议，刹那中自有终古，微尘中自有大千，而汝心中亦自有天国。这是不朽的第一义谛。

相反两极端常相交相合。人渴望长生不朽，也渴望无生速朽。我们回到波斯大帝的叔父的话:“世间没有一个人在一生中不有好几次不愿生宁愿死。”痛苦到极点想死，一切自杀者可以为证；快乐到极点也还是想死，我自己就有一两次这样经验，一次是在二十余年前一个中秋前后，我乘船到上海，夜里经过焦山，那时候大月亮正照着山上的庙和树，江里的细浪像金线在轻轻地翻滚，我一个人在甲板上走，船上原是载满了人，我不觉得有一个人，我心里那时候也有那万里无云，水月澄莹的景象，于是非常喜悦，于是突然起了脱离这个世界的愿望。另外一次也是在秋天，时间是傍晚，我在北海里的白塔顶上望北平城里的楼台烟树，望到西郊的远山，望到将要下去的红烈烈的太阳，想起李白的‘西风残照，汉家陵阙’那两个名句，觉得目前的境界真是苍凉而雄伟，当时我也感觉到我不应该再留在这个世界里。我自信我的精神正常，但是这两次想死的意念真来得突兀。诗人济慈在《夜莺歌》里于欣赏一个极幽美的夜景之后，也表示过同样的愿望，他说：

Now more than ever seems it rich to die.

（现在死像比任何时候都较丰富。）

他要趁生命最丰富的时候死，过了那良辰美景，死在一个平凡枯燥的场合里，那就死得不值得。甚至于死本身，像鸟歌和花香一样，也可成为生命中一种奢侈的享受。我两次想念到死，下意识中是否也有这种奢侈欲，我不敢断定。但是如今冷静地分析想死的心理，我敢说它和想长生的道理还是一样，都是对于生命的执着。想长生是爱着生命不肯放手，想死是怕放手轻易地让生命溜走，要死得痛快才算活得痛快，死还是为着活，为着活的时候心里一点快慰。好比贪吃的人想趁吃大鱼大肉的时候死，怕的是将来吃不到那样好的，根本还是由于他贪吃，否则将来吃不到那样好的，对于他毫不感威胁。

生命的执着属于佛家所谓“我执”，人生一切灾祸罪孽都由此起。佛家针对着人类的这个普遍的病根，倡无生，破我执，可算对症下药。但是佛家也并不曾主张灭生灭我，不曾叫人类作集体的自杀，而只叫人明白一般人所希求的和所知见的都是空幻。还不仅此，佛家在积极方面还要慈悲救世，对于生命是取护持的态度。舍身饲虎的故事显示我们为着救济他生命，须不惜牺牲己生命。我心里对此常存一个疑惑：既证明生命空幻而还要这样护持生命是为什么呢？目前我对于佛家的了解还不够使我找出一个圆满的解答。不过我对于这生命问题倒有一个看法，这看法大体源于庄子。（我不敢说它是否合于佛家的意思，）庄子尝提到生死问题，在《大宗师》篇说得尤其透辟。在这篇里他着重一个“化”字，我觉得这“化”字非常之妙。中国人称造物为“造化”，万物为“万化”。生命原就是化，就是流动与变易。整个宇宙在化，物在化，我也在化。只是化，并非毁灭。草木虫鱼在化，它们并不因此而有所忧喜，而全体宇宙也不因此而有所损益。何以我独于我的化看成世间一件大了不起的事呢？我特别看待我的化，这便是“我执”。庄子对此有一段妙喻：

今大冶铸金，金踊跃曰，“我且必为莫邪”，大冶必以为不祥之金。今一犯人之形，而曰，“人耳，人耳”，夫造化者必以为不祥之人。今以天地为大炉，以造化为大冶，恶乎往而不可哉？成然寐，蘧然觉。

在这个比喻里，庄子破了“我执”，也解决了生死问题。人在造化手里，听他铸，听他“化”而已，强立物我分别，是为不祥。庄子所谓寐觉，是比喻生死。睡一觉醒过来，本不算一回事，生死何尝不如此？寐与觉为化，生与死也还是化。庄周梦为蝴蝶，则“栩栩然蝴蝶也”；“俄然觉，则蘧蘧然周也，”生而为人，死而化为鼠肝虫背，都只有听之而已。在生时这个我在大化流行中有他的妙用，死后我的化形也还是如此，庄子说：

浸假而化予之左臂以为鸡，予因之以求时夜；浸假而化予之右臂以为弹，予因之以求鸮炙……

物质毕竟是不灭的，漫说精神。试想宇宙中有几许因素来化成我，我死后在宇宙中又化成几许事物，经过几许变化，发生几许影响，这是何等伟大而悠久，丰富而曲折的一个游历，一个冒险？这真是所谓“逍遥游”！

这种人生态度就是儒家所谓“赞天地之化育”，郭象所谓“随变任化”（见《大宗师》篇“相忘以生”句注），翻成近代语就是“顺从自然”。我不愿辩护这种态度是否为颓废的或消极的，懂得的人自会懂得，无庸以口舌争。近代人说要“征服自然”，道理也很正大。但是怎样征服？还不是要顺从自然的本性？严格地说，世间没有一件不自然的事，也没一件事能不自然。因为这个道理，全体宇宙才是一个整一融贯的有机体，大化运行才是一部和谐的交响曲，而cosmos不是chaos。人的最聪明的办法是与自然合拍，如草木在和风丽日中开着花叶，在严霜中枯谢，如流水行云自在运行无碍，如“鱼相与忘于江湖”。人的厄运在当着自然的大交响曲“唱翻腔”，来破坏它的和谐。执我执法，贪生想死，都是“唱翻腔”。

孔子说过：“朝闻道，夕死可矣”。人难能的是这“闻道”。我们谁不自信聪明，自以为比旁人高一着？但是谁的眼睛能跳开他那“小我”的圈子而四方八面地看一看？谁的脑筋不堆着习俗所扔下来的一些垃圾？每个人都有一个密不通风的“障”包围着他，我们的“根本惑”像佛家所说的，是“无明”。我们在这世界里大半是“盲人骑瞎马”，横冲直撞，怎能不闯祸事！所以说来说去，人生最要紧的事是“明”，是“觉”，是佛家所说的“大圆镜智”。法国人说：“了解一切，就是宽恕一切”；我们可以补上一句：“了解一切，就是解决一切。”生命对于我们还有问题，就因为我们对它还没有了解。既没有了解生命，我们凭什么对付生命呢？于是我想到这世间纷纷扰攘的人们。

漫谈日记

记日记和读日记都永远是一件有趣的事

就体裁说，日记脱胎于编年纪事史。在史部著述中，编年纪事体起来最早。史是穷究本源的学问，给过去事实以因果线索的说明。要寻溯因果线索，先要搜罗孤立杂陈的事实，近代学者所谓“资料”。所以搜罗事实是史的第一步工作，也是史的发展中最初为史家看重的工作。说明因果线索是史学上比较晚起的观念，古代人大半只据实直书。中国古代史有专官，官有专掌。“左史记言，右史记行。”记的方法大半是遇到一件事情发生，随时就记下来，一事一条，如登流水账，先后次第就依事情发生的年月安排。这便是编年纪事。《春秋》是这个体裁的典型。西方各国史的著述也多起于 chronicles（即编年纪事）。例如著名的《盎格鲁撒克逊编年纪事》，就是英国的最早的史乘。这部书不像中国古史出于史官，它成于中世纪寺院的僧侣，作者以私人的资格逐年逐月记载国家的大事。

这种以私人资格写成的编年纪事实在就已经是日记。但是它和日记究竟有一个重要的分别：编年纪事以一国为中心，例如《春秋》中的“我”就是鲁国；日记以作者私人为中心，其中的“我”只是作者自己。“中心”与“观点”不同。任何史籍都必采取一个观点，而那个观点都必是作者个人的观点，我谓“客观的历史”并不存在。现存的《春秋》是孔子站在他自己的尊周尊鲁的观点上，以鲁国为中心，去记载当时天下大事。日记是作者站在他的资禀、经验、修养所形成的观点上，以自己为中心，记载每日所见所闻。自己所见所闻可能为天下国家大事，也可能为私人琐事。在这一点上日记与编年纪事又有不同：编年纪事不记私人琐事，纵然偶尔破例，也必因为私人琐事有关国家大事，《春秋》、《左传》记齐姜、夏徵舒、灵辙、杜隗诸人的琐事，可以为证。

编年纪事起来很早，照理日记也应该如此。但是事实不然，日记起来很晚。在西方，希腊的 ephemeris（意谓“日记”）还是官书，记载军队行动或是国王起居；罗马的 diarium（“日记”）只是记载奴仆的配给账目，都与后来的日记（diary）没有直接的渊源。最早的近代语言写的日记起于文艺复兴时代，法国有两部最早的日记都不著作者的姓名。一部的作者是一位牧师，另一部的题名是《一位巴黎市民的日记》。西方写日记的风气到十七世纪才盛，英国两位极著名的日记作者爱文林（Evelyn）和斐匹斯（Pepys）都生在这个时期。在中国，《四库全书》中子部杂家类、史部杂史与传记类，集部别集类（日记可能隶属的部门）都不列日记为一目。据个人所知道的来说，清朝才逐渐有日记出现，比较为人所知的是陆清献公（陇其）日记、臧庸拜经日记、钱大昕竹汀日记(这几种实在是论学笔记，与寻常日记有别)、曾文正公（国藩）日记、李文忠公（鸿章）日记、李慈铭《越缦草堂日记》数种。这当然不能证明前人不写日记，很可能有写的不印行，但是这可以证明从前人不很重视日记，不认为它有流传的价值。

在日记起来之前还有一个过渡的体裁，就是笔记。它的内容无异于日记，只是不逐日安排。古代许多零星琐碎的私家著述，实在都要归于笔记一类。像《论语》、《檀弓》、《韩诗外传》、《晏子春秋》、刘向《说苑》之类，可能都是随时记载，日积月累起来，似有系统又似无系统的。唐人说部盛行起来以后，笔记更日渐发达。像《北梦琐言》、《归田录》、《见闻录》、《涑水记闻》、《侯鲭录》、《梦溪笔谈》、《池北偶谈》、《容庵笔记》之类，或记异闻，或谈琐事，或品评人物，或讨论诗文，或记载朝政，或描写风俗，不拘一格，不避芜琐。其实都是笔记而近于日记。在西方也是如此，记事的多于《备忘录》（mernoirs）一类，罗马大将凯撒的“备忘录”（commentaris）记载他自己所经过的战争，是最早的例子。十六、七、八世纪，写“备忘录”的风气最盛，许多政治家退休或文艺家告老时，只要境遇安逸，时间富裕，都写一部《备忘录》，类似《自传》而涉及当时一般掌故。记言的则取随感录、笔记、对谈录各种形式。像马尔库斯·奥勒利乌斯的《冥思录》，琼森的《发现录》（Ben Jonson : *Discoreties*），布莱克（Blake）、柯尔律治（Coleridge）一类文人的笔记（notebook），歌德的《与爱克曼谈话》之类作品，其中内容若是摆在日记里也都很合适。

不过这些作品虽近于日记而终非日记，不仅因为它们不标明年月日，尤其重要的是它们大半是作者存心著述，有意要流传给后人的。最好的日记像爱文林和斐匹斯两人的作品，都是作者死后多年才被人发现印行。作者自己当初无意借此传世享名。斐匹斯记了九年的日记，不但从来没有向至亲好友谈过，不但时常把它当作一种秘密文件谨慎地藏起，而且用当时人所不熟悉的而后人须费一番研究才发现出来的一种速写字体记录。他仿佛深怕人知道他写过这部日记或是拿它公布。许多日记作者也都这样谨守秘密。这是日记的一个特

这世界不是一个陌生的世界，

却也不是一个陈腐单调的世界。

色，作者是在自言自语，为自己的方便或乐趣而写作，无心问世。惟其如此，他毫无拘束，毫无隐瞒避讳，无须把话说得委婉些，漂亮些。只须赤裸裸地直说事实或感想。他只对自己“披肝沥胆”（confidential），所以他想写的真正是“亲切的”（intimate）。例如斐匹斯早年同情于革命党，查理第二复辟后，他在 1666 年 11 月 1 日有这样一段记载：

我们和两三位乡绅在一块吃饭，其中有我的老同学克里斯马君，我和他谈了很多。他还记得我在年轻时是一个剧烈的革命党，我深怕他会记得皇帝（注：查理第一）砍头那一天我所说的话（那话是“如果我要当牧师向他布道，我的题目应该是‘恶人的过去史须毁烂去’”）。但是后来我发现他在那时已离开学校。

这话是不能告诉人的，说出来有生命的危险，在日记中他居然说出来了。在另一日记中他记下这样一段：

今早我去了礼拜堂。牧师的演讲甚好，但是前一排一位漂亮小姐的背影惹得我心花意乱。我拿一本诵圣诗给她，好使她回过头来。照面看去颇失望，她像不高兴。收捐用盘子不用劝施囊。真讨厌。要给牛皇冠币（注：银币值二先令六便士）。以后要记得放些六便士小银币在口袋里）。

这样的坦白在一般自传中颇不易看到。寥寥数语叫我们马上可以看出他的性格。

日记的好处在泄露作者的深心的秘密。怕泄露秘密，那就失去日记的好处。惟其如此，不但作者自己，就是他的亲戚朋友，也往往不肯轻于让一部日记公布，一则怕作者自己的不大好看的一面性格现了出来，一则怕触忌讳，里面可能有许多使旁人不大好看的话。有些作者不免在日记里发泄私人的忿恨和忌妒，李慈铭在《越缦草堂日记》里对他所不高兴的同时文人学者常爱信口雌黄，就很惹起一些指责。连斐匹斯日记的编辑者也很谨慎地删去原文许多有失体面的话。这种对于作者的虔敬虽然可佩，究竟不免淆乱日记的真面目。

日记虽然本来不是拿来发表的，可是发表了出来，用处却是很多。第一，它是很好的历史资料。正史通常有两个大缺陷。它只记国家大事，只传风云变化中主要人物，对于一般社会内层的风俗习惯以及不影响到政教大端的而却具有特性、值得记忆的人物，或是一概抹煞，或是语焉不详。其次，它往往出自史官之手，或是依据官书，偏袒忌讳，常所不免。这两个缺陷都可以借私人日记来弥补。法国十四、五世纪那两部无名氏的日记，提供我们许多关于当时的政治社会状况的知识。英国十七世纪许多大事像伦敦大疫、大火，以及革命内战之类，在爱文林和斐匹斯的日记里都有很翔实的记载。从这些日记里我们对于当时英法两国社会人情风俗比从正史里还能得到更具体的印象。其次，与史实相关的是传记的资料。替一个人作传记或年谱，如果他有日记留传，我们就有最原始可靠的证据。尤其是一个人的内心生活在日记里比在他的一般言行里可以看得更清楚。日记作风的倾向颇类似小说，在十七、八世纪以前，一般日记与小说都侧重浮面的事态变动，近来这两类作品日渐变成“内省的”，爱作深微的心理描写。曾经轰动一时的俄国女艺术家巴西柯塞夫（Marie Bashkirtseff）的日记（1860 年至 1884 年），就是一部极好的内心生活的自传。第三，它是文学研究的好资料。诗人华兹华斯的妹妹多萝西（Dorothy）的日记就是一个好例。这两位兄妹常在一起，遇到一个新鲜有趣的境界或人物，兄写成诗，妹就用散文写在日记里。借着这种日记我们知道华兹华斯的许多诗是在什么情境之下写成的。还有另一类日记，像法国龚古尔兄弟（Los Concourts）和纪德（Gide），英国曼斯菲尔德（Manstfield），以及美国爱默生（Emerson）诸人的作品，常流露作者对于人生、自然与文艺的深切的感想，也有助于文艺的了解与欣赏。最后，我们不要忘记日记对于近代小说发展的影响也很大。较早一点的像意大利名著《爱的教育》（有夏丏尊译本）就是用日记体写的。近来像乔易司的《尤利西斯》（James Joyce：*Ulysses*）和吴尔夫的《黛洛维夫人》（Virgnia Woolf：*Mrs Dalloway*）两部划时代的小说名著在形式上都是一日的日记，把一天里的外界印象与内心变化极细微地描写出来，篇幅到了几百页之长。这可以说是日记体的登峰造极了。

我们都是人，了解人是人性中一个最强烈的要求，我们都有很浓厚的好奇心，要窥探自己的深心的秘密和旁人的深心的秘密。在要求了解之中，我们博取同情也寄与同情。我们惊喜发现旁人与自己有许多相同，也有许多不同。这世界不是一个陌生的世界，却也不是一个陈腐单调的世界。因为这个缘故，记日记与读日记都永远是一件有趣的事。

谈读诗与趣味的培养

能欣赏诗的人绝不会觉得人生是一件干枯的东西

据我的教书经验来说，一般青年都欢喜听故事而不欢喜读诗。记得从前在中学里教英文，讲一篇小说时常有别班的学生来旁听；但是遇着讲诗时，旁听者总是瞟着机会逃出去。就出版界的消息看，诗是一种滞销货。一部大致不差的小说就可以卖钱，印出来之后一年中可以再版三版。但是一部诗集尽管很好，要印行时须得诗人自己掏腰包作印刷费，过了多少年之后，藏书家如果要买它的第一版，也用不着费高价。

从此一点，我们可以看出现在一般青年对于文学的趣味还是很低。在欧洲各国，小说固然也比诗畅销，但是没有在中国的这样大的悬殊，并且有时诗的畅销更甚于小说。据去年的统计，法国最畅销的书是波德莱尔的《罪恶之花》。这是一部诗，而且并不是容易懂的诗。

一个人不欢喜诗，何以文学趣味就低下呢？因为一切纯文学都要有诗的特质。一部好小说或是一部好戏剧都要当作一首诗看。诗比别类文学较谨严，较纯粹，较精致。如果对于诗没有兴趣，对于小说戏剧散文学等等的佳妙处也终不免有些隔膜。不爱好诗而爱好小说戏剧的人们大半在小说和戏剧中只能见到最粗浅的一部分，就是故事。所以他们看小说和戏剧，不问他们的艺术技巧，只求它们里面有有趣的故事。他们最爱读的小说不是描写内心生活或者社会真相的作品，而是《福尔摩斯侦探案》之类的东西。爱好故事本来不是一件坏事，但是如果要真能欣赏文学，我们一定要超过原始的童稚的好奇心，要超过对于《福尔摩斯侦探案》的爱好，去求艺术家对于人生的深刻的观照以及他们传达这种观照的技巧。第一流小说家不尽是会讲故事的人，第一流小说中的故事大半只像枯树搭成的花架，用处只在撑扶住一园锦绣灿烂生气蓬勃的葛藤花卉。这些故事以外的东西就是小说中的诗。读小说只见到故事而没有见到它的诗，就像看到花架而忘记架上的花。要养成纯正的文学趣味，我们最好从读诗入手。能欣赏诗，自然能欣赏小说戏剧及其他种类文学。

如果只就故事说，陈鸿的《长恨歌传》未必不如白居易的《长恨歌》或洪昇的《长生殿》，元稹的《会真记》未必不如王实甫的《西厢记》，兰姆（Lamb）的《莎士比亚故事集》未必不如莎士比

趣味是对于生命的澈悟和留恋，
生命时时刻刻都在进展和创化，
趣味也就要时时刻刻在进展和创化。

亚的剧本。但是就文学价值说,《长恨歌》、《西厢记》和莎士比亚的剧本都远非它们所根据的或脱胎的散文故事所可比拟。我们读诗,须在《长恨歌》、《西厢记》和莎士比亚的剧本之中寻出《长恨歌传》、《会真记》和《莎士比亚故事集》之中所寻不出来的东西。举一个很简单的例来说,比如贾岛的《寻隐者不遇》:松下问童子,言师采药去。只在此山中,云深不知处。或是崔颢的《长干行》:君家何处住?妾住在横塘,停舟暂借问,或恐是同乡。里面也都有故事,但是这两段故事多么简单平凡?两首诗之所以为诗,并不在这两个故事,而在故事后面的情趣,以及抓住这种简朴而隽永的情趣,用一种恰如其分的简朴而隽永的语言表现出来的艺术本领。这两段故事你和我都会说,这两首诗却非你和我所做得出,虽然从表面看起来,它们是那么容易。读诗就要从此种看来虽似容易而实在不容易做出的地方下功夫,就要学会了解此种地方的佳妙。对于这种佳妙的了解和爱好就是所谓"趣味"。

各人的天资不同,有些人生来对于诗就感觉到趣味,有些人生来对于诗就丝毫不感觉到趣味,也有些人只对于某一种诗才感觉到趣味。但是趣味是可以培养的。真正的文学教育不在读过多少书和知道一些文学上的理论和史实,而在培养出纯正的趣味。这件事实在不很容易。培养趣味好比开疆辟土,须逐渐把本非我所有的变为我所有的。记得我第一次读外国诗,所读的是《古舟子咏》，简直不明白那位老船夫因射杀海鸟而受天谴的故事有什么好处，现在回想起来，这种蒙昧真是可笑，但是在当时我实在不觉到这诗有趣味。后来明白作者在意象音调和奇思幻想上所做的工夫，才觉得这真是一首可爱的杰作。这一点觉悟对于我便是一层进益，而我对于这首诗所觉到的趣味也就是我所征服的新领土。我学西方诗是从十九世纪浪漫派诗人入手，从前只觉得这派诗有趣味，讨厌前一个时期的假古典派的作品，不了解法国象征派和现代英国的诗；对它们逐渐感到趣味，又觉得我从前所爱好的浪漫派诗有好些毛病，对于它们的爱好不免淡薄了许多。我又回头看看假古典派的作品，逐渐明白作者的环境立场和用意，觉得它们也有不可抹煞处，对于他们的嫌恶也不免减少了许多。在这种变迁中我又征服了许多新领土，对于已得的领土也比从前认识较清楚。对于中国诗我也经过了同样的变迁。最初我由爱好唐诗而看轻宋诗，后来我又由爱好魏晋诗而看轻唐诗。现在觉得各朝诗都各有特点，我们不能以衡量魏晋诗的标准去衡量唐诗和宋诗。它们代表几种不同的趣味，我们不必强其同。

对于某一种诗，从不能欣赏到能欣赏，是一种新收获；从偏嗜到和他种诗参观互较而重新加以公平的估价，是对于已征服的领土筑了一层更坚固的壁垒。学文学的人们的最坏的脾气是坐井观天，依傍一家门户，对于口胃不合的作品一概藐视。

这种人不但是近视，在趣味方面不能有进展；就连他们自己所偏嗜的也很难真正地了解欣赏，因为他们缺乏比较资料和真确观照所应有的透视距离。文艺上的纯正的趣味必定是广博的趣味；不能同时欣赏许多派别诗的佳妙，就不能充分地真确地欣赏任何一派诗的佳妙。趣味很少生来就广博，好比开疆辟土，要不厌弃荒原瘠壤，一分一寸地逐渐向外伸张。

趣味是对于生命的澈悟和留恋，生命时时刻刻都在进展和创化，趣味也就要时时刻刻在进展和创化。水停蓄不流便腐化，趣味也是如此。从前私塾冬烘学究以为天下之美尽在八股文、试帖诗、《古文观止》和了凡《纲鉴》。他们对于这些乌烟瘴气何尝不津津有味？这算是文学的趣味么？习惯的势力之大往往不是我们所能想象的。我们每个人多少都有几分冬烘学究气，都把自己囿在习惯所画成的狭小圈套中，对于这个圈套以外的世界都视而不见，听而不闻。沉溺于风花雪月者以为只有风花雪月中才有诗，沉溺于爱情者以为只有爱情中才有诗，沉溺于阶级意识者以为只有阶级意识中才有诗。风花雪月本来都是好东西，可是这四个字联在一起，引起多么俗滥的联想！联想到许多吟风弄月的滥调，多么令人作呕！“神圣的爱情”、“伟大的阶级意识”之类大概也有一天都归于风花雪月之列吧？这些东西本来是佳丽，是神圣，是伟大，一旦变成冬烘学究所赞叹的对象，就不免成了八股文和试帖诗。道理是很简单的。艺术和欣赏艺术的趣味都必有创造性，都必时时刻刻在开发新境界。如果让你的趣味囿在一个狭小圈套里，它无机会可创造开发，自然会僵死，会腐化。一种艺术变成僵死腐化的趣味的寄生之所，它怎能有进展开发？怎能不随之僵死腐化？

艺术和欣赏艺术的趣味都与滥调是死对头。但是每件东西都容易变成滥调，因为每件东西和你熟悉之后，都容易在你的心理上养成习惯反应。像一切其他艺术一样，诗要说的话都必定是新鲜的。但是世间哪里有许多新鲜话可说？有些人因此替诗危惧，以为关于风花雪月，爱情，阶级意识等等的话或都已被人说完，或将有被人说完的一日，那一日恐怕就是诗的末日了。抱这种顾虑的人们根本没有了解诗究竟是什么一回事。诗的疆土是开发不尽的，因为宇宙生命时时刻刻在变动进展中，这种变动进展的过程中每一时每一境都是个别的，新鲜的，有趣的，所谓“诗”并无深文奥义，它只是在人生世相中见出某一点特别新鲜有趣而把它描绘出来。这句话中“见”字最吃紧。特别新鲜有趣的东西本来在那里，我们不容易“见”着，因为我们的习惯蒙蔽住我们的眼睛。我们如果沉溺于风花雪月，也就见不着阶级意识中的诗；我们如果沉溺于油盐柴米，也就见不着风花雪月中的诗。谁没有看见过在田里收获的农夫农妇？但是谁——除非是米勒

（Millet），陶渊明，华兹华斯（Wordsworth）——在这中间见着新鲜有趣的诗？诗人的本领就在见出常人之所不能见，读诗的用处也就在随着诗人所指点的方向，见出我们所不能见；这就是说，觉到我们所素认为平凡的实在新鲜有趣。我们本来不觉得乡村生活中有诗，从读过陶渊明、华兹华斯诸人的作品之后，便觉得它有诗，我们本来不觉得城市生活和工商业文化之中有诗，从读过美国近代小说和俄国现代诗之后，便觉得它也有诗。莎士比亚教我们会在罪孽灾祸中见出庄严伟大，伦勃朗（Rembrandt）和罗丹（Rodin）教我们会在丑陋中见出新奇。诗人和艺术家的眼睛是点铁成金的眼睛。生命生生不息，他们的发见也生生不息。如果生命有末日，诗才会有末日。到了生命的末日，我们自无容顾虑到诗是否还存在。但是有生命而无诗的人虽未到诗的末日，实在是早已到生命的末日了，那真是一件最可悲哀的事。“哀莫大于心死”，所谓“心死”就是对于人生世相失去解悟和留恋，就是对于诗无兴趣。读诗的功用不仅在消愁遣闷，不仅是替有闲阶级添一件奢侈；它在使人到处都可以觉到人生世相新鲜有趣，到处可以吸收维持生命和推展生命的活力。

诗是培养趣味的最好的媒介，能欣赏诗的人们不但对于其他种种文学可有真确的了解，而且也决不会觉到人生是一件干枯的东西。

人生理想往往决定于各个人的性格。
最聪明的办法是让生来善看戏的人们去看戏，
生来善演戏的人们来演戏。

伍 Chapter Five

人生苦恼起于演，

人生解脱在看

悲剧与人生的距离

悲剧中有人生，人生中却不必有悲剧

莎士比亚说得好：世界只是一座舞台，生命只是一个可怜的戏角。但从另一意义说，这种比拟却有不精当处。世界尽管是舞台，舞台却不能是世界。倘若堕楼的是你自己的绿珠，无辜受祸的是你自己的伊菲革涅亚，你会心寒胆裂。但是她们站在舞台时，你却袖手旁观，眉飞色舞。纵然你也偶一洒同情之泪，骨子里你却觉得开心。有些哲学家说这是人类恶根性的暴露，把“幸灾乐祸”的大罪名加在你的头上。这自然是冤枉，其实你和剧中人物有何仇何恨?

看戏和做人究竟有些不同。杀曹操泄义愤，或是替罗米欧与朱丽叶传情书，就做人说，自是一种功德；就看戏说，似未免近于傻瓜。

悲剧是一回事，可怕的凶灾险恶又另是一回事。悲剧中有人生，人生中不必有悲剧。我们的世界中有的是凶灾险恶，但是说这种凶灾险恶是悲剧，只是在修词用比譬。悲剧所描写的固然也不外凶灾险恶，但是悲剧的凶灾险恶是在艺术锅炉中蒸溜过来的。

像一切艺术一样，戏剧要有几分近情理，也要有几分不近情理。它要有几分近情理，否则它和人生没有接触点，兴味索然；它也要有几分不近情理，否则你会把舞台真正看作世界，看《奥瑟罗》回想到自己的妻子，或者老实递消息给司马懿，说诸葛亮是在演空城计！

“软玉温香抱满怀，春至人间花弄色，露滴牡丹开”，淫词也，而读者在兴酣彩烈之际忘其为淫，正因在实际人生中谈男女间事，话不会说得那样漂亮。俄狄浦斯弑父娶母，奥瑟罗信谗杀妻，悲剧也，而读者在兴酣彩烈之际亦忘其为悲，正因在实际人生中天公并未曾濡染大笔，把痛心事描绘成那样惊心动魄的图画。

悲剧和人生之中自有一种不可跨越的距离，你走进舞台，你便须暂时丢开世界。

悲剧都有些古色古香。希腊悲剧流传于人间的几十部之中只有《波斯人》一部是写当时史实，其余都是写人和神还没有分家时的老故事老传说。莎士比亚并不醉心古典，在这一点他却近于

人不但移情于物，

还要吸收物的姿态于自我，

还要不知不觉地模仿物的形象。

守旧。他的悲剧事迹也大半是代远年淹的。十七世纪法国悲剧也是如此。拉辛在《巴雅泽》（Bajazet）序文里说，“说老实话，如果剧情在哪一国发生，剧本就在哪一国表演，我不劝作家拿这样近代的事迹做悲剧”。他自己用近代的“巴雅泽”事迹，因为它发生在土耳其，“国度的辽远可以稍稍补救时间的邻近”。莎士比亚也很明白这个道理。《奥瑟罗》的事迹比较晚。他于是把它的场合摆在意大利，用一个来历不明的黑面将军做主角。这是以空间的远救时间的近。他回到本乡本土搜材料时，他心焉向往的是李尔王、麦克白等一些传说上的人物。这是以时间的远救空间的近。你如果不相信这个道理，让孔明脱去他的八卦衣，丢开他的羽扇，穿西装吸雪茄烟登场！

悲剧和平凡是不相容的，而在实际上不平凡就失人生世相的真面目。所谓“主角”同时都有几分“英雄气”。普罗米修斯、哈姆雷特乃至于无恶不作的埃及皇后克莉奥佩特拉都不是你我们凡人所能望其项背的，你我们凡人没有他们的伟大魄力，却也没有他们那副傻劲儿。许多悲剧情境移到我们日常世界中来，都会被妥协酿成一个平凡收场，不至引起轩然大波。如果你我是俄狄浦斯，要逃弑父娶母的预言，索性不杀人，独身到老，便什么祸事也没有。如果你我是哈姆雷特，逞义气，就痛痛快快把仇人杀死，不逞义气，便低首下心称他做父亲，多么干脆！悲剧的产生就由于不平常人睁着大眼睛向我们平常人所易避免的灾祸里闯，悲剧的世界和我们是隔着一层的。

这种另一世界的感觉往往因神秘色彩而更加浓厚。悲剧压根儿就是一个不可解的谜语，如果能拿理性去解释它的来因去果，便失其为悲剧了。善有善报，恶有恶报，是人类的普遍希望，而事实往往不如人所期望，不能尤人，于是怨天，说一切都是命运。悲剧是不虔敬的，它隐约指示冥冥之中有一个捣乱鬼，但是这个捣乱鬼的面目究竟如何，它却不让我们知道，本来他也无法让我们知道。看悲剧要带几分童心，要带几分原始人的观世法。狼在街上走，枭在白天里叫，人在空中飞，父杀子，女驱父，普洛斯彼罗呼风唤雨，这些光怪陆离的幻相，如果拿读《太上感应篇》或是计较油盐柴米的心理去摸索，便失其为神奇了。

艺术往往在不自然中寓自然。一部《红楼梦》所写的完全是儿女情，作者却要把它摆在"金玉缘"一个神秘的轮廓里。一部《水浒》所写的完全是侠盗生活，作者却要把它的根源埋到"伏魔之洞"。戏剧在人情物理上笼上一层神秘障，也是惯技。梅特林克的《普莱雅斯和梅丽桑德》写叔嫂的爱，本是一部人间性极重要的悲剧，作者却把场合的空气渲染得阴森冷寂如地窖，把剧中人的举止言笑描写得如僵尸活鬼，使观者察觉不到它的人间性。邓南遮的《死城》也是如此。别说什么自然主义或是写实主义，易卜生写的在房子里养野鸭来打的老头儿，是我们这个世界里的人物么？

像一切艺术一样，戏剧和人生之中本来要有一种距离，所以免不了几分形式化，免不了几分不自然。人事里哪里有恰好分成五幕的？谁说情话像张君瑞出口成章？谁打仗只用几十个人马？谁像奥尼尔在《奇妙的插曲》里所写的角色当着大众说心中隐事？以此类推，古希腊和中国旧戏的角色戴面具，穿高跟鞋，拉了嗓子唱，以及许多其他不近情理的玩艺儿都未尝没有几分情理在里面。它们至少可以在舞台和世界之中辟出一个应有的距离。

悲剧把生活的苦恼和死的幻灭通过放大镜，射到某种距离以外去看。苦闷的呼号变成庄严灿烂的意象，霎时间使人脱开现实的重压而游魂于幻境，这就是尼采所说的“从形相得解脱”(redemption through appearance)。

诗人的孤寂

我们身旁都围着许多“相识”的人，其实我们又何尝“看见”彼此呢？

心灵有时可互相渗透，也有时不可互相渗透。在可互相渗透时，彼此不劳唇舌，就可以默然相喻；在不可渗透时，隔着一层肉就如隔着一层壁，夫子以为至理，而我却以为孟浪。惠子问庄子：“子非鱼，安知鱼之乐？”庄子反问惠子：“子非我，安知我不知鱼之乐？”谈到彻底了解时，人们都是隔着星宿住的，长电波和短电波都不能替他们传达消息。

比如眼前这一朵花，你所见的和我所见的完全相同么？你所嗅的和我所嗅的完全相同么？你所联想的和我所联想的又完全相同么？“天下之耳相似焉，师旷先得我心之所同然者。”这是一句粗浅语。你觉得香的我固然也觉得香，你觉得和谐的我固然也觉得和谐；但是香的、和谐的，都有许多浓淡深浅的程度差别。毫厘之差往往谬以千里。法国诗人魏尔兰（Verlaine）

所着重的nuance，就是这浓淡深浅上的毫厘差别。一般人较量分寸而不暇剖析毫厘，以为毫厘的差别无关宏旨，但是古代寓言不曾明白地告诉我们，压死骆驼的重量就是最后的一茎干草吗？

凡是情绪和思致，愈粗浅，愈平凡，就愈容易渗透；愈微妙，愈不寻常，就愈不容易渗透。一般人所谓“知解”都限于粗浅的皮相，把香的同认作香，臭的同认作臭，而浓淡深浅上的毫厘差别是无法可以从这个心灵渗透到那个心灵里去的。在粗浅的境界我们都是兄弟，在微妙的境界我们都是秦越。曲愈高，和愈寡，这是心灵交通的公例。

诗人所以异于常人者在感觉锐敏。常人的心灵好比顽石，受强烈震撼才生颤动；诗人的心灵好比蛛丝，微嘘轻息就可以引起全体的波动。常人所忽视的毫厘差别对于诗人却是奇思幻想的根源。一点沫水便是大自然的返影，一阵螺壳的啸声便是大海潮汐的回响。在眼球一流转或是肌肤一蠕动中，诗人能窥透幸福者和不幸运者的心曲。他与全人类和大自然的脉搏一齐起伏震颤，然而他终于是人间最孤寂者。

诗人有意要“孤芳自赏”么？他看见常人不经见的景致不曾把它描绘出来么？他感到常人不经见的情调不曾把它抒写出来么？他心中本有若饥若渴的热望，要天下人都能同他在一块

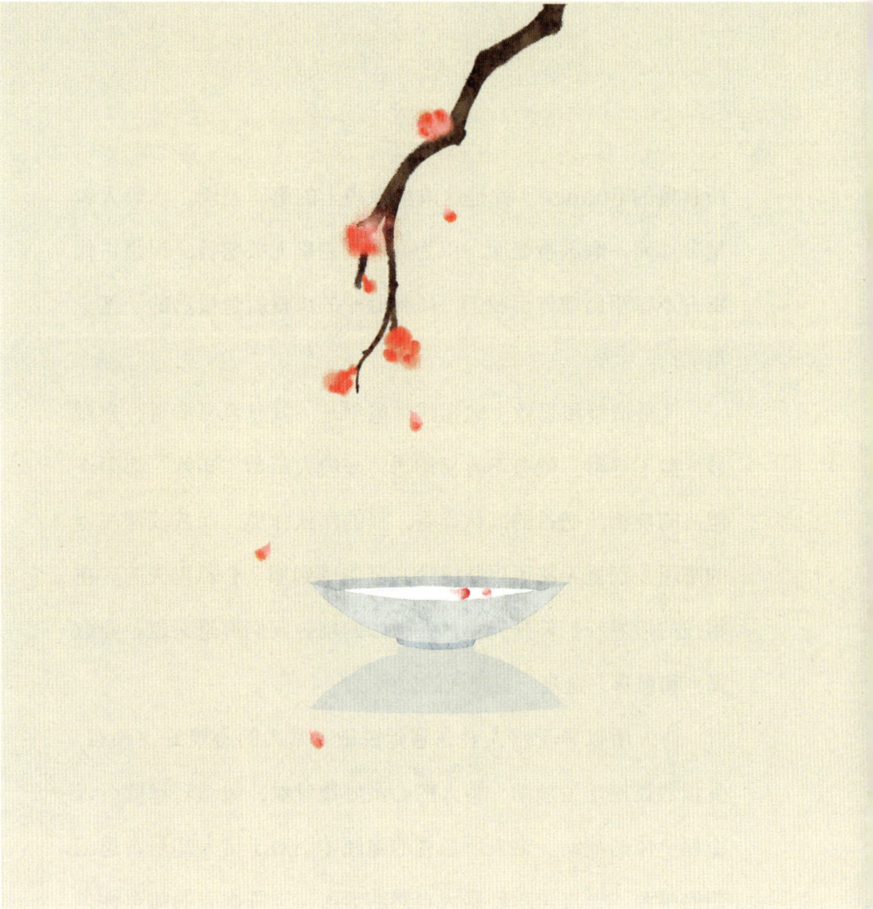

凡是情绪和思致，愈粗浅，愈平凡，就愈容易渗透；愈微妙，愈不寻常，就愈不容易渗透。

儿赞叹感泣，但是谁能够跟他上于九天下穷深渊呢？在心灵探险的途程上，诗人于是不得不独行踽踽了。

一般人在心目中，这位独行踽踽者是什么样的一个人呢？诗人布朗宁（Browning）在《当代人的观感》一首诗里写过一幅很有趣的画像。误解，猜疑，谣啄是相因而至的。你看那位穿着黑色大衣的天天牵着一条老狗在不是散步的时候在街上踱来踱去，他真是一个怪人！——诗人的当代人这样想。他一会儿拿手杖敲街砖，一会儿又探头看鞋匠补鞋。你以为他的眼睛不在看你罢，你打了马，骂了老婆，他都源源本本地知道了。他大概是一个暗探。据说他每天写一封信给皇上。甲被捕，乙失踪，恐怕都是他弄的把戏。皇上每月究竟给他多少薪俸呢？有一件事我是知道很清楚的。他住在桥边第三家，每晚他的屋里满张华烛，他把脚放在狗背上坐着，二十个裸体的姑娘服事他进膳。但是这位怪人所住的实在是一间顶楼角屋，死的时候活像一条薰鱼！一般人对于诗人的了解如此。

一般人不能把读诗看作一种时髦的消遣么？伦敦纽约的街头不也摆满着皮面金装的诗集，让老太婆和摩登小姐买作节礼么？是的，群众本来是道地的势利鬼，就是诗人，到了大家都叫好之后，还怕没有人拿称羡暴发户的心理去称羡他！群众所叫好的都是前一代的诗人，或是模仿前一代诗人的诗人。他们的音调都已在耳鼓里震得滥熟，听得惯所以觉得好。如果有人换一个音调，他就不免“对牛弹琴”了。“诗人”这个名字在希腊文的意义是“创作者”。凡真正诗人都必定避开已经踏烂的路去另开新境，他不仅要特创一种新风格来表现一种新情趣，还要在群众中创出一种新趣味来欣赏他的作品。但是这事谈何容易？英国的华兹华斯和济慈，法国的波得莱尔和马拉梅，费了几许力量，才在诗坛上辟出一种新趣味来？“千秋万岁名”往往是“寂寞身后事”。诗人能在这不可知的后世寻得安慰么？汤姆生在《论雪莱》一文里骂得好：“后世人！后世人跑到罗马去溅大泪珠，去在济慈的墓石上刻好听的诔语，但是海深的眼泪也不能把枯骨润回生！”

阿里斯托芬在柏拉图的《会饮篇》里说，人原来是一体，上帝要惩罚他的罪过，把他截成两半，才有男有女。所谓“爱情”就是这已经割开的两半要求会合还原为一体。真正的恋爱应该是两个心灵的诉合无间，因此，许多诗人在山穷水尽时都想在恋爱中掘出一种生命的源泉。像莎士比亚所歌唱的：

这里没有仇雠，
不过天寒冷一点，风暴烈一点。

但是从历史看，诗人中很少有成功的恋爱者。布朗宁最幸运，能够把世人看不见的那半边月亮留给他的爱人看。此外呢？玛丽·雪莱也算是一个近于理想的人物了。哪一个妻子曾经像她那样了解而且尊敬一个空想者的幻梦？但是雪莱在那不勒斯所做的感伤诗，却有藏着不让她看见的必要，他沉水之后，玛丽替他编辑诗集，发见了那首感伤诗，在附注中一方面自咎，一方面把她丈夫的悲伤推原到他的疾病。读雪莱的原诗和他夫人的附注，谁不觉得这美满因缘中的伤心语比蔡女的胡笳、罗兰的清角，还更令人生人世无可如何之叹呢？然而这是雪莱的错处么？玛丽的错处么？错处都不在他们，所以这部悲剧更沉痛。人的心灵本来都有不可渗透的一部分，这在恋爱者中间也不能免。

波得莱尔有一首散文诗，叫作《穷人的眼睛》，以日常情节传妙想，很值得我们援引。我们的诗人陪着他的佳侣坐在一间新开张的咖啡店里。一个穷人带着两个小孩子过路，看见咖啡店的陈设漂亮，六只大眼睛都向里面呆望着。

那位父亲的眼睛仿佛说：“真漂亮！天下的黄金怕都关在这所房子里了。”大孩子的眼睛仿佛说：“真漂亮！真漂亮！但是进去的人们都不是我们这种人。”小孩子望得太出神了，眼睛只表现一种呆拙而深沉的欣羡。

诗人们说过，娱乐能使人心慈祥。那一天晚上，这句话对于我算是说中了。我不仅被这六只眼睛引起怜悯，而且看见奢侈的杯和瓶，不免有些惭愧。我把眼睛转过来注视你的眼睛，亲爱的，预备在你的眼睛里印证同感，我注视你那双美丽而温柔的眼，注视你那双蔚蓝而活跃的、像月神所依附的眼，而你却向我说："这般睁着车门似的大眼向我们呆望的人们真怪讨嫌！你不能请店主人把他们赶远些么？"

亲爱的天使，互相了解真不是易事，连恋爱者中间，心灵也是这样不可互相渗透！

连恋爱者中间，心灵也是这样不可互相渗透，遑问其他！梅特林克说有人告诉过他，"我和我的妹妹在一块住了二十年之久，到我的母亲临死的那一顷刻，我才第一次看见了她"。这实在是一句妙语，我们身旁都围着许多"相识"的人，其实我们何尝"看见"他们，他们又何尝"看见"我们呢？

西班牙一位诗人说得好："人在投胎之前就被注定了罪的。"个个人面上都蒙着一层网，连他自己也往往无法揭开。人是以寂寞为苦的动物，而人的寂寞却最不容易打破。隔着一层肉，如隔一层壁，人是生来就注定了要关在这种天然的囚牢里面的啊！

看戏与演戏——两种人生理想

人生苦恼起于演，人生解脱在看

莎士比亚说过，世界只是一个戏台。这话如果不错，人生当然也只是一部戏剧。戏要有人演，也要有人看；没有人演，就没有戏看；没有人看，也就没有人肯演。演戏人在台上走台步，作姿势，拉嗓子，喜笑怒骂，悲欢离合，演得酣畅淋漓，尽态极妍；看戏人在台下呆目瞪视，得意忘形，拍案叫好，两方皆大欢喜，欢喜的是人生煞是热闹，至少是这片刻光阴不曾空过。

世间人有生来是演戏的，也有生来是看戏的。这演与看的分别主要地在如何安顿自我上面见出。演戏要置身局中，时时把“我”抬出来，使我成为推动机器的枢纽，在这世界中产生变化，就在这产生变化上实现自我；看戏要置身局外，时时把“我”搁在旁边，始终维持一个观照者的地位，吸纳这世界中的一切变化，使它们在眼中成为可欣赏的图画，就在这变化图画的欣赏上面实现自我。因为有这个分别，演戏要热要动，看戏要冷要静。打起算盘来，双方各有盈亏：演戏人为着饱尝生命的跳动而失去流连玩味，看戏人为着玩味生命的形象而失去“身历其境”的热闹。能入与能出，“得其圜中”与“超以象外”，是势难兼顾的。

这分别像是极平凡而琐屑，其实却含着人生理想这个大问题的大道理在里面。古今中外许多大哲学家，大宗教家和大艺术家对于人生理想费过许多摸索，许多争辩，他们所得到的不过是三个不同的简单的结论：一个是人生理想在看戏，一个是它在演戏，一个是它同时在看戏和演戏。

先从哲学说起。

中国主要的固有的哲学思潮是儒道两家。就大体说，儒家能看戏而却偏重演戏，道家根本藐视演戏，会看戏而却也不明白地把看戏当作人生理想。看戏与演戏的分别就是《中庸》一再提起的知与行的分别。知是道问学，是格物穷理，是注视事物变化的真相；行是尊德行，是修身齐家治国平天下，是在事物中起变化而改善人生。前者是看，后者是演。儒家在表面上同时讲究这两套功夫，他们的祖师孔子是一个实行家，也是一个艺术家。放下他着重礼乐诗的艺术教育不说，就只看下面几段话：

子在川上曰，逝者如斯夫，不舍昼夜！

鸢飞戾天，鱼跃于渊，言其上下察也。

天何言哉，天何言哉！四时行焉，百物生焉！

今夫天，斯昭昭之多，及其无穷也，日月星辰系焉，万物覆焉；今夫地，一撮土之多，及其广厚，载华岳而不重，振河海而不泄，万物载焉。

对于自然奥妙的赞叹，我们就可以看出儒家很能作阿波罗式的观照，不过儒家究竟不以此为人生的最终目的，人生的最终目的在行，知不过是行的准备。他们说得很明白：“物格而后知至，知至而后意诚，意诚而后心正，心正而后身修”，以至于家齐国治天下平。“自明诚，谓之教”，由知而行，就是儒家所着重的“教”。孔子终身周游奔走，“三月无君，则皇皇如也”，我们可以想见他急于要扮演一个角色。

道家老庄并称。老子抱朴守一，法自然，尚无为，持清虚寂寞，观“众妙之门”，玩“无物之象”，五千言大半是一个老于世故者静观人生物理所得到的直觉妙谛。他对于宇宙始终持着一个看戏人的态度。庄子尤其是如此。他齐是非，一生死，逍遥于万物之表，大鹏与鲦鱼，姑射仙人与疱丁，物无大小，都触目成象，触心成理，他自己却“凄然似秋，暖然似春”，哀乐毫无动于衷。他得力于他所说的“心齐”；“心齐”的方法是“若一志，无听之以耳，而听之以心”，它的效验是“虚室生白，吉祥止止”。他在别处用了一个极好的譬喻说：“至人之用心若镜，不将不逆，应而不藏。”从这些话看，我们可以看出老子所谓“抱朴守一”，庄子所谓“心齐”，都恰是西方哲学家与宗教家所谓“观照”（contemplation）与佛家所谓“定”或“止观”。不过老庄自己虽在这上面做功夫，却并不象以此立教，或是因为立教仍是有为，或是因为深奥的道理可亲证而不可言传。

在西方，古代及中世纪的哲学家大半以为人生最高目的在观照，就是我们所说的以看戏人的态度体验事物的真相与真理。头一个人明白地作这个主张的是柏拉图。在《会饮》那篇熔哲学与艺术于一炉的对话里，他假托一位女哲人传心灵修养递进的秘诀。那全是一种分期历程的审美教育，一种知解上的冒险长征。心灵开始玩索一朵花，一个美人，一种美德，一门学问，一种社会文物制度的殊相的美，逐渐发现万事万物的共相的美。到了最后阶段，“表里精粗无不到”，就“一旦豁然贯通”，长征者以一霎时的直觉突然看到普涵普盖，无始无终的绝对美——

如佛家所谓“真如”或“一真法界”——他就安息在这绝对美的观照里，就没有入这绝对美里而与它合德同流，就借分享它的永恒的生命而达到不朽。这样，心灵就算达到它的长征的归宿，一滴水归原到大海，一个灵魂归原到上帝，柏拉图的这个思想支配了古代哲学，也支配了中世纪耶稣教的神学。

柏拉图的高足弟子亚理斯多德在《伦理学》里想矫正师说，却终于达到同样的结论。人生的最高目的是至善，而至善就是幸福。幸福是“生活得好，做得好”。它不只是一种道德的状态，而是一种活动；如果只是一种状态，它可以不产生什么好结果，比如说一个人在睡眠中；惟其是活动，所以它必见于行为。“犹如在奥林匹克运动会中，夺锦标的不是最美最强悍的人，而是实在参加竞争的选手。”从这番话看，亚理斯多德似主张人生目的在实际行动。但是在绕了一个大弯子以后，到最后终于说，幸福是“理解的活动”，就是“取观照的形式的那种活动”，因为人之所以为人在他的理解方面，理解是人类最高的活动，也是最持久、最愉快、最无待外求的活动。上帝在假设上是最幸福的，上帝的幸福只能表现于知解，不能表现于行动。所以在观照的幸福中，人类几与神明比肩。说来说去，亚理斯多德仍然回到柏拉图的看法：人生的最高目的在看而不在演。

在近代德国哲学中，这看与演的两种人生观也占了很显著的地位。整个的宇宙，自大地山河以至于草木鸟兽，在唯心派哲学家看，只是吾人知识的创造品。知识了解了一切，同时就已创造了一切，人的行动当然也包含在内。这就无异于说，世间一切演出的戏都是在看戏人的一看之中成就的，看的重要可不言而喻。叔本华在这一“看”之中找到悲惨人生的解脱。据他说，人生一切苦恼的源泉就在意志，行动的原动力。意志起于需要或缺乏，一个缺乏填起来了，另一个缺乏就又随之而来，所以意志永无餍足的时候。欲望的满足只“像是扔给乞丐的赈济，让他今天赖以过活，使他的苦可以延长到明天”。这意志虽是苦因，却与生俱来，不易消除，唯一的解脱在把它放射为意象，化成看的对象。意志既化成意象，人就可以由受苦的地位移到艺术观照的地位，于是罪孽苦恼变成庄严幽美。“生命和它的形象于是成为飘忽的幻相掠过他的眼前，犹如轻梦掠过朝睡中半醒的眼，真实世界已由它里面照耀出来，它就不再能蒙昧他。”换句话说，人生苦恼起于演，人生解脱在看。尼采把叔本华的这个意思发挥成一个更较具体的形式。他认为人类生来有两种不同的精神，一是日神阿波罗的，一是酒神狄俄倪索斯的。日神高踞奥林波斯峰顶，一切事物借他的光辉而得形象，他凭高静观，世界投影于他的眼帘如同投影于一面明镜，他如实吸纳，却恬然不起忧喜。酒神则趁生命最繁盛的时

人之所以为人在他的理解方面，理解是人类最高的活动，也是最持久、最愉快、最无待外求的活动。

节，酣饮高歌狂舞，在不断的生命跳动中忘去生命的本来注定的苦恼。从此可知日神是观照的象征，酒神是行动的象征。依尼采看，希腊人的最大成就在悲剧，而悲剧就是使酒神的苦痛挣扎投影于日神的慧眼，使灾祸罪孽成为惊心动魄的图画。从希腊悲剧，尼采悟出从“形象得解脱”（redemption through appearance）的道理。世界如果当作行动的场合，就全是罪孽苦恼；如果当作观照的对象，就成为一件庄严的艺术品。

如果我们比较叔本华、尼采的看法和柏拉图、亚理斯多德的看法，就可看出古希腊人与近代德国人的结论相同，就是人生最高目的在观照；不过着重点微有移动，希腊人的是哲学家的观照，而近代德国人的是艺术家的观照。哲学家的观照以真为对象，艺术家的观照以美为对象。不过这也是粗略的区分。观照到了极境，真也就是美，美也就是真，如诗人济慈所说的，所以柏拉图的心灵精进在最后阶段所见到的“绝对美”就是他所谓“理式”（idea）或真实界（reality）。

宗教本重修行，理应把人生究竟摆在演而不摆在看，但是事实上世界几个大宗教没有一个不把观照看成修行的不二法门。最显著的当然是佛教。在佛教看，人生根本孽是贪嗔痴。痴又叫作“无明”。这三孽之中，无明是最根本的，因为无明，才执着法与我，把幻相看成真实，把根尘当作我有，于是有贪有嗔，陷于生死永劫。所以人生究竟解脱在破除无明以及它连带的法我执。破除无明的方法是六波罗蜜（意谓“度”，“到彼岸”，就是“度到涅槃的岸”），其中初四——布施、持戒、忍辱、精进——在表面上似侧重行，其实不过是最后两个阶段——禅定、智慧——的预备，到了禅定的境界，“止观双运”，于是就起智慧，看清万事万物的真相，断除一切孽障执着，到涅槃（圆寂），证真如，功德就圆满了。佛家把这种智慧叫作“大圆镜智”，《佛地经论》作这样解释：

如圆镜极善摩莹，鉴净无垢，光明遍照；如是如来大圆镜智于佛智上一切烦恼所知障垢永出离故，极善摩莹；为依止定所摄持故，鉴净无垢；作诸众生利乐事故，光明遍照。

如圆镜上非一众多诸影象起，而圆镜上无诸影象，而此圆镜无动无作；如是如来圆镜智上非一众多诸智影起，圆镜智上无诸智影，而此智镜无动无作。

这譬喻很可以和尼采所说的阿波罗精神对照，也很可以见出大乘佛家的人生理想与柏拉图的学说不谋而合。人要把心磨成一片大圆镜，光明普照，而自身却无动无作。

佛教在中国，成就最大的一宗是天台，最流行的一宗是净土。天台宗的要义在止观，净土宗的要义在念佛往生，都是在观照上做修持的功夫。所谓“止观”就是静坐摄心入定，默观佛法与佛相，净土则偏重念佛名，观佛相，以为如此即可往生西方极乐世界（所谓“净土”）。依《文殊般若经》说：

若善男子善女子，应在空间处，舍诸乱意，随佛方所，端身正向，不取相貌，系心一佛，专称名字，念无休息，即是念中，能见过现未来三世诸佛。

这种凝神观照往往产生中世纪耶教徒所谓“灵见”（visions），对象或为佛相，或为庄严宝塔，或为极乐世界。佛家往往用文字把他们的“灵见”表现成想象丰富的艺术作品，像《无量寿经》、《阿弥陀经》之类作品大抵都是这样产生出来的。往生净土是他们的最后目的，其实这净土仍是心中幻影，所谓往生仍是在观照中成就，不一定在地理上有一种搬迁。

这一切在耶稣教中都可以找到它的类似。耶稣自己，像释迦一样，是经过一个长期静坐默想而后证道的。“天国就在你自己心里”，这句话也有唤醒人返求诸心的倾向。不过早期的神父要和极艰窘的环境奋斗，精力大半耗于奔走布道和避免残杀。到了三世纪以后，耶稣教的神学逐渐与希腊哲学合流，形成所谓“新柏拉图派”的神秘主义，于是观照成为修行的要诀。依这派的学说，人的灵魂原与上帝一体，没有肉体感官的障碍，所以能观照永恒真理。投生以后，它就依附了肉体，就有欲也就有障。人在灵方面仍近于神，在肉方面则近于兽，肉是一切罪孽的根源，灵才是人的真性。所以修行在以灵制欲，在离开感官的生活而凝神于思想与观照，由是脱尽尘障，在一种极乐的魂游（ecstasy）中回到上帝的怀里，重新和他成为一体。中世纪神学家把“知”看成心灵的特殊功能，唯一的人神沟通的桥梁。“知”有三个等级：感觉（cognitio）、思考（meditatio）和观照（contemplatio）。观照是最高的阶段，它不但不要假道于感觉，也无须用概念的思考，它是感觉和思考所不能跻攀的知的胜境，一种直觉，一种神佑的大澈大悟。只有借这观照，人才能得到所谓“神福的灵见”（beatific vision），见到上帝，回到上帝，永远安息在上帝里面。达到这种“神福的灵见”，一个耶稣徒就算达到人生的最高理想。

这种哲学或神学的基础，加上中世纪的社会扰乱，酿成寺院的虔修制度。现世既然恶浊，要避免它的薰染，僧侣于是隐到与人世隔绝的寺院里，苦行持戒，默想现世的罪孽，来世的希望和上帝的博大仁慈。他们的经验恰和佛教徒的一样，由于高度的自催眠作用，默想果然产生了许多“灵见”；地狱的厉鬼，净界的烈焰，天堂的神仙的福境，都活灵活现地现在他们的凝神默索的眼前。这些“灵见”写成书，绘成画，刻成雕像，就成中世纪的灿烂辉煌的文学与艺术。在意大利，成就尤其烜赫。但丁的《神曲》就是无数“灵见”之一，它可以看成佛教的《阿弥陀经》。

我们只举佛耶两教做代表就够了。道教本着长生久视的主旨，后来又沿袭了许多佛教的虔修秘诀；回教本由耶教演变成的，特别流连于极乐世界的感官的享乐。总之，在较显著的宗教中，或是因为特重心灵的知的活动，或是寄希望于比现世远较完美的另一世界，人生的最高理想都不摆在现世的行动而摆在另一世界的观照。宗教的基本精神在看而不在演。

最后，谈到文艺，它是人生世相的返照，离开观照，就不能有它的生存。文艺说来很简单，它是情趣与意象的融会，作者寓情于景，读者因景生情。比如说，“昔我往矣，杨柳依依，今我来思，雨雪霏霏”一章诗写出一串意象、一幅景致，一幕戏剧动态。有形可见者只此，但是作者本心要说的却不只此，他主要的是要表现一种时序变迁的感慨。这感慨在这章诗里虽未明白说出而却胜于明白说出；它没有现身而却无可否认地是在那里。这事细想起来，真是一个奇迹。情感是内在的，属我的，主观的，热烈的，变动不居，可体验而不可直接描绘的；

意象是外在的，属物的，客观的，冷静的，成形即常住，可直接描绘而却不必使任何人都可借以有所体验的。如果借用尼采的譬喻来说，情感是狄俄倪索斯的活动，意象是阿波罗的观照；所以不仅在悲剧里（如尼采所说的），在一切文艺作品里，我们都可以见出达奥尼苏斯的活动投影于阿波罗的观照，见出两极端冲突的调和，相反者的同一。但是在这种调和与同一中，占有优势与决定性的倒不是狄俄倪索斯而是阿波罗，是狄俄倪索斯沉没到阿波罗里面，而不是阿波罗沉没到狄俄倪索斯里面。所以我们尽管有丰富的人生经验，有深刻的情感，若是止于此，我们还是站在艺术的门外，要升堂入室，这些经验与情感必须经过阿波罗的光辉照耀，必须成为观照的对象。由于这个道理，观照（这其实就是想象，也就是直觉）是文艺的灵魂；也由于这个道理，诗人和艺术家们也往往以观照为人生的归宿。我们试想一想：

目送飞鸿，手挥五弦，俯仰自得，游心太玄。

——嵇康

仰视碧天际，俯瞰渌水滨，寥阒无涯观，寓目理自陈。大矣造化工，万殊莫不均。群籁虽参差，适我无非新。

——王羲之

采菊东篱下，悠然见南山。山气日夕佳，飞鸟相与还。此中有真意，欲辨已忘言。

——陶潜

侧身天地长怀古，独立苍茫自咏诗。

——杜甫

从诸诗所表现的胸襟气度与理想，就可以明白诗人与艺术家如何在静观默玩中得到人生的最高乐趣。

就西方文艺来说，有三部名著可以代表西方人生观的演变：在古代是柏拉图的《会饮》，在中世纪是但丁的《神曲》，在近代是歌德的《浮士德》。《会饮》如上文已经说过的，是心灵的审美教育方案；这教育的历程是由感觉经理智到慧解，由殊相到共相，由现象到本体，由时空限制到超时空限制；它的终结是在沉静的观照中得到豁然大悟，以及个体心灵与弥漫宇宙的整一的纯粹的大心灵合德同流。由古希腊到中世纪，这个人生理想没有经过重大的变迁，只是加上耶教神学的渲染。《神曲》在表面上只是一部游记，但丁叙述自己游历地狱、净界与天堂的所见所闻；但是骨子里它是一部寓言，叙述心灵由罪孽经忏悔到解脱的经过，但丁自己就象征心灵，三界只是心灵的三种状态，地狱是罪孽状态，净界是忏悔洗刷状态，天堂是得解脱蒙神福状态。心灵逐步前进，就是逐步超升，到了最高天，它看见玫瑰宝座中坐的诸圣诸仙，看见圣母，最后看见了上帝自己。在这“神福的灵见”里，但丁（或者说心灵）得到最后的归宿，他“超脱”了，归到上帝怀里了，《神曲》于是终止。这种理想大体上仍是柏拉图的，所不同者柏拉图的上帝是“理式”，绝对真实界本体，无形无体的超时超空的普运周流的大灵魂；而但丁则与中世纪神学家们一样，多少把上帝当作一个人去想：他糅合神性与人性于一体，有如耶稣。

从但丁糅合柏拉图哲学与耶教神学，把人生的归宿定为“神福的灵见”以后，过了五百年到近代，人生究竟问题又成为思辨的中心，而大诗人歌德代表近代人给了一个彻底不同的答案。就人生理想来说，《浮士德》代表西方思潮的一个极大的转变。但丁所要解脱的是象征情欲的三猛兽和象征愚昧的黑树林。到浮士德，情境就变了，他所要解脱的不是愚昧而是使他觉得腻味的丰富的知识。理智的观照引起他的心灵的烦躁不安。“物极思返”，浮士德于是由一位闭户埋头的书生变成一位与厉鬼定卖魂约的冒险者，由沉静的观照跳到热烈而近于荒唐的行动。在《神曲》里，象征信仰与天恩的贝雅特里齐，在《浮士德》里于是变成天真而却蒙昧无知的玛嘉丽特。在《神曲》里是“神福的灵见”，在《浮士德》里于是变成“狂飙突进”。阿波罗退隐了，狄俄倪索斯于是横行无忌。经过许多放纵不羁的冒险行动以后，浮士德的顽强的意志也终于得到净化，而净化的原动力却不是观照而是一种有道德意义的行动。他的最后的成就也就是他的最高的理想的实现，从大海争来一片陆地，把它垦成沃壤，使它效用于人类社会。这理想可以叫作“自然的征服”。

这浮士德的精神真正是近代的精神，它表现于一些睥睨一世的雄才怪杰，表现于一些掀天动地的历史事变。各时代都有它的哲学辩护它的活动，在近代，尼采的超人主义唤起许多癫狂者的野心，扬谛理（Gentile）的“为行动而行动”的哲学替法西斯的横行奠定了理论的基础。

这真是一个大旋转。从前人恭维一个人，说“他是一个肯用心的人”（a thoughtful man），现在却说“他是一个活动分子”（an active man）。这旋转是向好还是向坏呢？爱下道德判断的人们不免起这个疑问。答案似难一致。自幸生在这个大时代的“活动分子”会赞叹现代生命力的旺盛。而“肯用心的人”或不免忧虑信任盲目冲动的危险。这种见解的纷歧在骨子里与文艺方面古典与浪漫的争执是一致的。古典派要求意象的完美，浪漫派要求情感的丰富，还是冷静与热烈动荡的分别。文艺批评家们说，这分别是粗浅而村俗的，第一流文艺作品必定同时是古典的与浪漫的，必定是丰富的情感表现于完美的意象。把这见解应用到人生方面，显然的结论是：理想的人生是由知而行，由看而演，由观照而行动。这其实是一个老结论。苏格拉底的“知识即德行”，孔子的“自明诚”，王阳明的“知行合一”，意义原来都是如此。但是这还是侧重行动的看法。止于知犹未足，要本所知去行，才算功德圆满。这正犹如尼采在表面上说明了日神与酒神两种精神的融合，实际上仍是以酒神精神沉没于日神精神，以行动投影于观照。所以说来说去，人生理想还只有两个，不是看，就是演；知行合一说仍以演为归宿，日神酒神融合说仍以看为归宿。

近代意大利哲学家克罗齐另有一个看法，他把人类心灵活动分为知解（艺术的直觉与科学的思考）与实行（经济的活动与道德的活动）两大阶段，以为实行必据知解，而知解却可独立自足。一个人可以终止于艺术家，实现美的价值；可以终止于思想家，实现真的价值；可以终止于经济政治家，实现用的价值，也可以终止于道德家，实现善的价值。这四种人的活动在心灵进展次第上虽是一层高似一层，却各有千秋，各能实现人生价值的某一面。这就是说，看与演都可以成为人生的归宿。

这看法容许各人依自己的性之所近而抉择自己的人生理想，我以为是一个极合理的看法。人生理想往往决定于各个人的性格。最聪明的办法是让生来善看戏的人们去看戏，生来善演戏的人们来演戏。上帝造人，原来就不只是用一个模型。近代心理学家对于人类原型的分别已经得到许多有意义的发现，很可以作解决本问题的参考。最显著的是荣格（Jung）的“内倾”与“外倾”的分别。内倾者（introvert）倾心力向内，重视自我的价值，好孤寂，喜默想，无意在外物界发动变化；外倾者（extrovert）倾心力向外，重视外界事物的价值，好社交，喜活动，常要在外物界起变化而无暇返观默省。简括地说，内倾者生来爱看戏，外倾者生来爱演戏。

人生来既有这种类型的分别，人生理想既大半受性格决定，生来爱看戏的以看为人生归宿，生来爱演戏的以演为人生归宿，就是理所当然的事了。双方各有乐趣，各是人生的实现，我们各不妨阿其所好，正不必强分高下，或是勉强一切人都走一条路。人性不只是一样，理想不只是一个，才见得这世界的恢阔和人生的丰富。犬儒派哲学家第欧根尼（Diogenes）静坐在一个木桶里默想，勋名盖世的亚力山大帝慕名去访他，他在桶里坐着不动。客人介绍自己说：“我是亚力山大帝。”他回答说：“我是犬儒第欧根尼。”客人问：“我有什么可以帮你的忙吗？”他回答：“只请你站开些，不要挡着太阳光。”这样就匆匆了结一个有名的会晤。亚力山大帝觉得这犬儒甚可羡慕，向人说过一句心里话：“如果我不是亚力山大，我很愿做第欧根尼。”无如他是亚力山大，这是一件前生注定丝毫不能改动的事，他不能做第欧根尼。这是他的悲剧，也是一切人所同有的悲剧。但是这亚力山大究竟是一个了不起的人物，是亚力山大而能见到做第欧根尼的好处。比起他来，第欧根尼要低一层。“不要挡着太阳光！”那句话含着几多自满与骄傲，也含着几多偏见与狭量啊！

要较量看戏与演戏的长短，我们如果专请教于书本，就很难得公平。我们要记得：柏拉图、庄子、释迦、耶稣、但丁……这一长串人都是看戏人，所以留下一些话来都是袒护看戏的人生观。此外还有更多的人，像秦始皇、大流士、亚力山大、忽必烈、拿破仑……以及无数开山凿河、垦地航海的无名英雄毕生都在忙演戏，他们的人生哲学表现在他们的生活，所以不曾留下话来辩护演戏的人生观。他们是忠实于自己的性格，如果留下话来，他们也就势必变成看戏人了。据说罗兰夫人上了断头台，才想望有一枝笔可以写出她的临终的感想。我们固然希望能读到这位女革命家的自供，可是其实这是多余的。整部历史，这一部轰轰烈烈的戏，不就是演戏人们的最雄辩的供状吗？

英国散文家斯蒂文森（R. L. Stevenson）在一篇叫作《步行》的小品文里有一段话说得很美，可惜我的译笔不能传出那话的风味，它的大意是：

我们这样匆匆忙忙地做事，写东西，挣财产，想在永恒时间的嘲笑的静默中有一刹那使我们的声音让人可以听见，我们竟忘掉一件大事，在这件大事之中这些事只是细目，那就是生活。我们钟情，痛饮，在地面来去匆匆，像一群受惊的羊。可是你得问问你自己：在一切完了之后，你原来如果坐在家里炉旁快快活活地想着，是否比较更好些？静坐着默想——记起女子们的面孔而不起欲念，想到人们的丰功伟业，快意而不羡慕，对一切事物和一切地方有同情的了解，而却安心留在你所在的地方和身分——这不是同时懂得智慧和德行，不是和幸福住在一起吗？说到究竟，能拿出会游行来开心的并不是那些扛旗子游行的人们，而是那些坐在房子里眺望的人们。

这也是一番袒护看戏的话。我们很能了解斯蒂文森的聪明的打算，而且心悦诚服地随他站在一条线上——我们这批袖手旁观的人们。但是我们看了那出会游行而开心之后，也要深心感激那些扛旗子的人们。假如他们也都坐在房子里眺望，世间还有什么戏可看呢？并且，他们不也在开心么？你难道能否认？

“舍不得分手”

大家行尸走肉似地在悲剧生活中翻来复去，而没有意识到自己是在演悲剧

我只读过《日出》而没有看到它上演，依我想，它演起来一定比读起来更生动。经得演的戏不一定经得读，经得读的戏也不一定经得演。曹禺先生对于空气的渲染，剧境的制造，性格的描绘以及对话的衡量都很拿手，这些都是上演成功的要素，假如演员合乎理想，《日出》定是一个痛快淋漓的作品。不过读剧者有余暇揣摩斟酌，他的冷静的头脑不易被一顷刻间的生动情境所卷进去，就不免瞻前顾后，较量到剧情与性格的起伏生展，以及作者对于人生的深一层的观照种种问题。一较量到这些问题，曹禺先生的艺术似乎离老练成熟还有些距离。这里我只说个人读《日出》后所感到的一些欠缺。

在布局方面，《日出》有三条线索：第一是主角陈白露抛弃方达生而沦落到城市淫奢恶毒生活的旋涡里，终于因负债失望

而自杀；第二是一位乡下姑娘“小东西”因反抗卖身于土豪金八而求庇于陈白露，终于被地痞黑三架去，卖到一个三等妓院里，后来因不堪凌虐而自杀；第三是陈白露所依靠的财神大丰银行经理潘月亭因投机买债券失败而打好了自杀的计算。其余一切剧情都是这三个线索的附带的穿插。这三个线索之中，第二个关于“小东西”的一段故事和主要动作实在没有必然的关联，它是一部可以完全独立的戏。它在《日出》里最大的功用只在帮助方达生——也许和陈白露——多了解一层城市生活的罪恶。但是曹禺先生并没有把这节外枝叶和本干打成一片，它在《日出》里只能使人起骈姆枝指之感。如果把有关这段故事的部分——第一幕后部以及第三幕全部——完全割去，全剧不但没有损失，而且布局更较紧凑。第三幕毛病很多，它的四方八面的烘染比较宜于电影而不易表演于剧台，并且就很怀疑曹禺先生对于他所写的北方三等妓院有正确深刻的认识。

曹禺先生对于第三幕不肯割爱的苦衷，我们也不难想象到。割去第三幕，全剧就要变成一篇独幕剧，他在附注里虽然声明“第三四幕发生的时间是在第一二幕一星期后”，其实割去第三幕之后，把附带的穿插略加更动——如银行小书记黄省三失业而毒杀全家人之类——《日出》是很容易改成独幕剧的。剧景始终是“在 ×× 旅馆的一间华丽的休息室内”，重要的剧情也并没有改场换面的必要。曹禺先生便把一篇独幕剧的材料做成一篇多幕剧，于是插进本非必要的第三幕来改换一下场面，又把第四幕的时间不必要地移后一星期。这虽是一种救济，可是也暴露出这部戏的基本的弱点。《日出》的主要阵容根本没有生展，陈白露失望自杀的阵容从第一幕就布好，——作者不是常提起那瓶安眠药？《日出》的性格根本没有生展，陈白露始终是一位堕落的摩登少女，方达生也始终是一位老实呆板令人起喜剧之感的书呆子。《日出》所用的全是横断面的描写法，一切都在同时间之内摆在眼前，各部分都很生动痛快，而全局却不免平直板滞。

最后，我读完《日出》，想到作剧的一个根本问题，就是作者对于人生世相应该持什样的态度，他应该很冷静很酷毒地把人生世相的本来面目揭给人看呢？还是送一点“打鼓骂曹”式的义气，在人生世相中显出一点报应昭彰的道理来，自己心里痛快一场，叫观众看着也痛快一场呢？对于这两种写法我不敢武断地说哪一种最好，我自己是一个很冷静的人，比较欢喜第一种，而不欢喜在严重的戏剧中尝甜蜜。在《日出》中我不断地尝到义愤发泄后的甜蜜。“小东西”不肯受金八的蹂躏，下劲打他一耳光，我——一个普通的观众——看得痛快；她不受阿根的欺侮，又下劲打他一耳光，那是我亲眼看见的，更觉得痛快。不过冷静下来一想，这样勇敢的举动和憨痴懦弱的“小东西”的性格似不完全相称，我很疑心金八和阿根所受的那几个巴掌，是曹禺先生以作者的资格站出来打的。李石清裁去了黄省三，逼得他失业，毒杀全家，图谋自杀。潘月亭听到债券大涨的消息，不怕李石清漏掉他的底细，当面臭骂他一顿。但是不转瞬间电话机一响，债券大落了。李石清马上就回敬潘月亭一顿臭骂，继着就是疯狂的黄省三出场揶揄李石清。古话说得好，“善恶报应，就在眼前”。我——一个普通的观众一看到这里，觉得痛快，觉得要金圣叹来下一句眉批：“读此当浮一大白！”但是这究竟是小说，实际上在这个悲惨世界里，有冤不得伸，有仇不得报，哑口吃黄连，苦在心里，是比较更平常的事。陈白露堕落失望，自杀；“小东西”不堪妓院的虐待，自杀；潘月亭投机失败，自杀；黄省三失业没有方法养家活口自杀。人反正不过是一条命，到了绝路便能够自杀毕竟也还是一件痛快事，但是这究竟也还是小说，是电影。实际上在这个悲惨世界里这条命究竟不是可以这样轻易摆布得去，有许多陈白露在很厌倦地挨他们的罪孽的生命，有许多“小东西”很忠于职守地卖她们的皮肉，有许多潘月亭翻了一个筋头又成了好汉，大家行尸走肉似地在悲剧生活中翻来复去，而没有意识到自己是在演悲剧。这就是我们时代的最大的悲剧。在第三幕附注中曹禺先生告诉我们他不肯因为“叫‘太太小姐们’看着舒服些”而救“小东西”的命，他能说几句话，我相信他多少能够接收我这一点拙见。可是在实际上，“叫‘太太小姐们’看着舒服些”，对于作剧家是一个很大的引诱，而曹禺先生也恐怕在无意之中受了这种引诱的迷惑。

《日出》的布景与命题显然有一种象征的意义。我们看完《日出》，不能不问：黑暗去了，光明来了，以后的事情究竟怎样呢？方达生在最后一幕收场所给我们的希望是："我们要一齐做点事，跟金八拼一拼。"这不能不使我们觉得这是一种"倒降顶点"(anti-climax)。偌大的来势就落到这么一个收场么？杀了金八，就能把这个黑暗世界改成光明的么？我们觉得，方达生那么一个心有余而力不足的书呆子实在不能担当《日出》以后的重大责任。他的性格应该写得比较聪明活泼些，比较伟大些。他对于阿根所鄙弃的提夯杵唱夯歌的劳动阶级，应该不仅只有一种书生的同情，应该还有一种有组织有计划的关联。曹禺先生所暗示的一线光明始终是在后台，始终是一种陪衬。我们不能使它更较密切地和主要动作打成一片，甚至于特别留一幕戏的地位给它么？

以上都是对于贤者求全责备的话。让这一面之辞发表出去，对于《日出》实在不很公平。《日出》有许多好处，如果我有时间和篇幅，我可以做一篇比这篇较长的文章来写我对于它的赞赏。不过我想"捧场"的话，对于曹禺先生这样一个有希望的聪明作家是不必需的。以他那一管伶俐生动的笔，我们有理由盼待更完善的作品出来。我真有些舍不得放下笔，他所描写的那一群活灵活现的坏蛋——张乔治，阿根，潘月亭，李石清，尤其是那个顾八奶奶和他的"面首"胡四——真叫人舍不得分手！

谈恐惧心理

能引起恐惧的危险情境大抵不是绝境

最近这几个月中，人们都有大难临头的预感，骚动得特别厉害。一会儿大家纷纷抢购粮食，出比市价高几倍的价钱也在所不惜，仿佛以为不如此就会有一天会饿死，像长春人民一样，一会儿大家又纷纷抛售衣物房屋，仿佛以为他们所居的地方危在旦夕，先捞几个现钱再说，到必要时可以逃到他们所想象的安全地带。平津人纷纷逃到京沪，京沪人纷纷逃到平津，像惊鼠似的东奔西窜，惹得交通格外拥挤，秩序格外紊乱。这种惊慌的情形可以从政治经济教育社会种种观点来看，在这里我想只把它当作一个心理学的课题来稍加分析。

一切惊慌恐惧都起于危险的感觉，而一切危险，分析到究竟，都是对于生命的威胁。贪生是人与一般动物的最强烈的本能。尽管一个生命如何渺小，如何苦痛，尽管它的主子有时对它如何咒骂，真正到它有丧失的危险时，它还是一种“食之无肉，弃之可惜”的鸡肋，它的主子拼命也要把握着不放。就是这种生命的执着引起对于威胁生命的危险情境生恐惧。一切恐惧到头来只不过是“怕死”。

可是一个人如果真正到了绝境，面前只有死路一条，无可避免，恐惧无补于事，他也就不会恐惧。牛羊到了屠场，知道一切都完了，心里冷了下来，也就定了下来。许多死囚很潇洒自在地上刑场，道理也是如此。引起恐惧的危险情境大抵不是绝境。从心理学观点看，恐惧情绪与逃避本能是分不开的，所以恐惧的对象是可逃避的，这逃避的可能在恐惧者的心中还是一线希望。希望本是恐惧的反面，可是二者常在“狼狈为奸”，缺了一个，另一个就不能行。临到一个险境好比站在一面剃刀锋上，倒东则活，倒西则死，望到倒东的可能便起希望，望到倒西的可能便起恐惧。所以贪生与怕死只是一件事的两面相。怕死，对于生就还没有绝望。

险境既然不是绝境，它就只有可能性而没有确定性。一个人当着险境，常是悬在虚空中，捉摸不定，把握不住，茫然不知所措，于是才感到恐惧。所以在恐惧心理状态中，理智难得清醒，知识总是模糊，情境在疑似之中，应付无果决之策，当其境者似有所知，又似无所知。如果毫无所知，他就会糊涂胆大，不知恐惧。“盲人骑瞎马，夜半临深池”，是一个典型的险境，但是盲人自己却若无其事。如果知道得清清楚楚，把握得住情境，也把握得住自己，他就应付有方，也不会恐惧。比如说生死问题，古今圣贤豪杰都不在这上面绞脑筋，因为他们“知命”，一切看透了，生和死都只是理所当然。再比如危险境界，像拿破仑那一类冒险家对之也无动于衷，因为他们明白那只是一个待解决的问题，而他们对于那问题的解决抱有坚强的自信。恐惧都表现性格上的一种弱点，或是理智的欠缺，或是意志的薄弱。俗语说得好:“心虚胆怯”。心不虚，胆就不怯。所谓“心虚”就是由于把握不住环境，因而把握不住自己。所以多疑者最易起恐惧，狐鼠是最好的例。

“疑心生暗鬼”，恐惧者由于知解的含糊和自信心的丧失，对于所恐惧的对象常用幻想把它加以夸张放大，望见风，就是雨，一两分的危险便夸张放大成为十二万分。往往所谓危险全是一种错觉，“风声鹤唳，草木皆兵”。我自己亲眼见过一件事可以为证。约莫三十年前，我在武昌高师校读书。有一天正午，一百多同学正在饭厅里吃饭，猛然有几声枪声，顿时全饭厅里的人们都惊慌起来，有躲在饭桌下面的，有拿凳子顶在头上的，有乱窜乱叫的，有用拳头打破玻璃窗打得鲜血淋漓的。我当时没有注意到那响声，所以若无其事，能很清楚地观察到当场的

贪生与怕死只是一件事的两面相。

怕死，对于生就还没有绝望。

人们的那种可怜可笑的神色。由那神色看来，他们仿佛以为那响声起于饭厅建筑本身，他们所恐惧的是那座旧房屋的倒塌，会使他们同归于尽。房屋当然并没有倒塌，而事后调查，那枪声的出发点距饭厅还有一里多路。这也许是一个极端的事例，不过许多引起惊慌恐惧的情境往往像这样是错觉所生的幻象，把本不存在，或者不如所想象的那么严重。

“恐惧的对象都是经过夸张放大的，在群众中这种夸张放大尤其一放不可收拾。群众是一个两面头的怪物，它可以壮声势也可以寒心胆，一个人怕，不算一回事；周围的人们都怕，那就真正可怕了。若是树上只有一只鸟，你放一声枪，它可能不理睬，纵然飞逃也是懒洋洋的。若是树上有一大群鸟，一声枪响就吓得它们惊叫乱窜。是鸟都飞散了，你从来不会发现有一只大胆的鸟敢留在那里。理由是很简单的。一只孤单的鸟在恐惧中见不到自己恐惧的神色，好比一个声音触不起回响，就不会放大。一大群鸟都恐惧时，每只鸟的恐惧神色都映在余鸟的眼帘里，于是每只鸟就由于同情的回荡，把所见到的许多鸟的恐惧都灌注到他自己的恐惧里去，汇众水于巨流。这是群众心理学家们所说的摹拟作用和暗示作用。很显然地这时候引起恐惧的并非当时危险情境本身，而是同类的恐惧的神色。不消说得，这种放大的恐惧要远超过当时危险情境本身所需要的。这可以说是群众的病态心理。一个群众到了染上这种病态时，就失去一切自制力与自信心，什么事也不会成功。俗语说，“兵败如山崩”，就是这个道理。群众也有群众的错觉和幻想，当然也就可以把一个危险情境夸张放大，以讹传讹，往往把真实情况弄得牛头不对马嘴。由于这个缘故，谣言在一个恐慌的群众中特别占势力。

恐惧是一种情绪，根源在逃避本能。依一般心理学家说，凡是情绪和本能在生物进化上都有它们的功用，对于人和动物的生存都有裨益。关于恐惧，我就不免怀疑。恐惧的最常见的后果不外两种。一种是使当事者落到瘫痪状态。请看鼠见着猫或是小动物见着蛇，还没有被捕噬，就吓得不能动弹。有时猫还故意把捕得的鼠放去，任它逃而它却吓得不能逃。人也是如此，许多人在惊慌中最常见的反应是“仓皇失措”，不知道怎么办，只好什么都不办。另一种是使当事者落到狂乱状态。应该逃开那危险的局面，他是知道的，可是怎样逃开，他却不知道，于是手慌脚忙，乱冲乱撞，结果往往闯出更大的祸事。许多避难的人并不死于枪林弹雨而死于拥挤践踏之类意外之灾。我颇疑心恐惧这种情绪在动物的原始阶段或许有它的用处，到了人类现阶段，它就有如盲肠，害多于利。因此，我很同情于柏拉图，他认为“理想国”的公民应尽力拔除恐惧的情绪，同时，我也很向往中国先贤所提倡的雍容镇静和大无畏的精神。

人愈到闲散时愈觉单调生活不可耐，愈想在呆板平凡的世界中寻出一点出乎常轨的偶然的波浪，来排忧解闷。

Chapter
Six

欣赏一部书，
就应该在心里再造一部书

大人者不失其赤子之心

没有创造就不能有欣赏

一直到现在，我们所讨论的都偏重欣赏。现在我们可以换一个方向来讨论创造了。

既然明白了欣赏的道理，进一步来研究创造，便没有什么困难，因为欣赏和创造的距离并不像一般人所想象的那么远。欣赏之中都寓有创造，创造之中也都寓有欣赏。创造和欣赏都是要见出一种意境，造出一种形象，都要根据想象与情感。比如说姜白石的“数峰清苦，商略黄昏雨”一句词含有一个受情感饱和的意境。姜白石在做这句词时，先须从自然中见出这种意境，然后拿这九个字把它翻译出来。在见到意境的一刹那中，他是在创造也是在欣赏。我在读这句词时，这九个字对于我只是一种符号，我要能认识这种符号，要凭想象与情感从这种符号中领略出姜白石原来所见到的意境，须把他的译文翻回到原文。我在见到他的意境一刹那中，我是在欣赏也是在创造。倘若我丝毫无所创造，他所用的九个字对于我就漫无意义了。一首诗做成之后，不是就变成个个读者的产业，使他可以坐享其成。它也好比一片自然风景，观赏者要拿自己的想象和情趣来交接它，才能有所得。他所得的深浅和他自己的想象与情趣成比例。读诗就是再做诗，一首诗的生命不是作者一个人所能维持住，也要读者帮忙才行。读者的想象和情感是生生不息的，一首诗的生命也就是生生不息的，它并非是一成不变的。一切艺术作品都是如此，没有创造就不能有欣赏。

创造之中都寓有欣赏，但是创造却不全是欣赏。欣赏只要能见出一种意境，而创造却须再进一步，把这种意境外射出来，成为具体的作品。这种外射也不是易事，它要有相当的天才和人力，我们到以后还要详论它，现在只就艺术的雏形来研究欣赏和创造的关系。

艺术的雏形就是游戏。游戏之中就含有创造和欣赏的心理活动。人们不都是艺术家，但每一个人都做过儿童，对于游戏都有几分经验。所以要了解艺术的创造和欣赏，最好是先研究游戏。

骑马的游戏是很普遍的，我们就把它做例来说。儿童在玩骑马的把戏时，他的心理活动可以用这么一段话说出来：“父亲天天骑马在街上走，看他是多么好玩！多么有趣！我们也骑来试试看。他的那匹大马自然不让我们骑。小弟弟，你弯下腰来，让我骑！特！特！走快些！你没有气力了吗？我去换一匹马罢。”于是厨房里的竹帚夹在胯下又变成一匹马了。

从这个普遍的游戏中间，我们可以看出几个游戏和艺术的类似点。

一、像艺术一样，游戏把所欣赏的意象加以客观化，使它成为一个具体的情境。小孩子心里先印上一个骑马的意象，这个意象变成他的情趣的集中点（这就是欣赏）。情趣集中时意象大半孤立，所以本着单独观念实现于运动的普遍倾向，从心里外射出来，变成一个具体的情境（这就是创造），于是有骑马的游戏。骑马的意象原来是心镜从外物界所摄来的影子。在骑马时儿童仍然把这个影子交还给外物界。不过这个影子在摄来时已顺着情感的需要而有所选择去取，在脑里打一个翻转之后，又经过一番意匠经营，所以不复是生糙的自然。一个人可以当马骑，一个竹帚也可以当马骑。换句话说，儿童的游戏不完全是模仿自然，它也带有几分创造性。他不仅作骑马的游戏，有时还拣一支粉笔或土块在地上画一个骑马的人。他在一个圆圈里画两点一直一横就成了一个面孔，在下面再安上两条线就成了两只腿。他原来看人物时只注意到这些最刺眼的运动的部分，他是一个印象派的作者。

二、像艺术一样，游戏是一种“想当然耳”的勾当。儿童在拿竹帚当马骑时，心里完全为骑马这个有趣的意象占住，丝毫不注意到他所骑的是竹帚而不是马。他聚精会神到极点，虽是在游戏而却不自觉是在游戏。本来是幻想的世界，却被他看成实在的世界了。他在幻想世界中仍然持着郑重其事的态度。全局尽管荒唐，而各部分却仍须合理。有两位小姊妹正在玩做买卖的把戏，她们的母亲从外面走进来向扮店主的姐姐亲了个嘴，扮顾客的妹妹便抗议说：“妈妈，你为什么同开店的人亲嘴？”从这个实例看，我们可以知道儿戏很类似写剧本或是写小说，在不近情理之中仍须不背乎情理，要有批评家所说的“诗的真实”。成人们往往嗤不郑重的事为儿戏，其实成人自己很少像儿童在游戏时那么郑重，那么专心，那么认真。

三、像艺术一样，游戏带有移情作用，把死板的宇宙看成活跃的生灵。我们成人把人和物的界线分得很清楚，把想象的和实在的分得很清楚。在儿童心中这种分别是很模糊的。他把物视同自己一样，以为它们也有生命，也能痛能痒。他拿竹帚当马骑时，你如果在竹帚上扯去一条竹枝，那就是在他的马身上扯去一根毛，在骂你一场之后，他还要向竹帚说几句温言好语。他看见星说是天睞眼，看见露说是花垂泪。这就是我们在前面说过的“宇宙的人情化”。人情化可以说是儿童所特有的体物的方法。人越老就越不能起移情作用，我和物的距离就日见其大，实在的和想象的隔阂就日见其深，于是这个世界也就越没有趣味了。

四、像艺术一样，游戏是在现实世界之外另造一个理想世界来安慰情感。骑竹马的小孩子一方面觉得骑马的有趣，一方面又苦于骑马的不可能，骑马的游戏是他弥补现实缺陷的一种方法。近代有许多学者说游戏起于精力的过剩，有力没处用，才去玩把戏。这话虽然未可尽信，却含有若干真理。人生来就好动，生而不能动，便是苦恼。疾病、老朽、幽囚都是人所最厌恶的，就是它们夺去动的可能。动愈自由即愈使人快意，所以人常厌恶有限而追求无限。现实界是有限制的，不能容人尽量自由活动。人不安于此，于是有种种苦闷厌倦。要消遣这种苦闷厌倦，人于是自架空中楼阁。苦闷起于人生对于“有限”的不满，幻想就是人生对于“无限”的寻求，游戏和文艺就是幻想的结果。它们的功用都在帮助人摆脱实在的世界的缰锁，跳出到可能的世界中去避风息凉。人愈到闲散时愈觉单调生活不可耐，愈想在呆板平凡的世界中寻出一点出乎常轨的偶然的波浪，来排忧解闷。所以游戏和艺术的需要在闲散时愈紧迫。就这个意义说，它们确实是一种“消遣”。

读者的想象和情感是生生不息的，
一首诗的生命也就是生生不息的，
它并非是一成不变的

儿童在游戏时意造空中楼阁，大概都现出这几个特点。他们的想象力还没有受经验和理智束缚死，还能去来无碍。只要有一点实事实物触动他们的思路，他们立刻就生出一种意境，在一弹指间就把这种意境渲染成五光十彩。念头一动，随便什么事物都变成他们的玩具，你给他们一个世界，他们立刻就可以造出许多变化离奇的世界来交还你。他们就是艺术家。一般艺术家都是所谓“大人者不失其赤子之心”。

艺术家虽然“不失其赤子之心”，但是他究竟是“大人”，有赤子所没有的老练和严肃。游戏究竟只是雏形的艺术而不就是艺术。它和艺术有三个重要的异点。

一、艺术都带有社会性，而游戏却不带社会性。儿童在游戏时只图自己高兴，并没有意思要拿游戏来博得旁观者的同情和赞赏。在表面看，这似乎是偏于唯我主义，但是这实在由于自我观念不发达。他们根本就没有把物和我分得很清楚，所以说不到求人同情于我的意思。艺术的创造则必有欣赏者。艺术家见到一种意境或是感到一种情趣，自得其乐还不甘心，他还要旁人也能见到这种意境，感到这种情趣。他固然不迎合社会心理去沽名钓誉，但是他是一个热情者，总不免希望世有知音同情。因此艺术不像克罗齐派美学家所说的，只达到“表现”就可以了事，它还要能“传达”。在原始时期，艺术的作者就是全民众，后来艺术家虽自成一阶级，他们的作品仍然是全民众的公有物。艺术好比一颗花，社会好比土壤，土壤比较肥沃，花也自然比较茂盛。艺术的风尚一半是作者造成的，一半也是社会造成的。

二、游戏没有社会性，只顾把所欣赏的意象“表现”出来；艺术有社会性，还要进一步把这种意象传达于天下后世，所以游戏不必有作品而艺术则必有作品。游戏只是逢场作戏，比如儿童堆砂为屋，还未堆成，即已推倒，既已尽兴，便无留恋。艺术家对于得意的作品常加意珍护，像慈母待婴儿一般。音乐家贝多芬常言生存是一大痛苦，如果他不是心中有未尽之蕴要谱于乐曲，他久已自杀。司马迁也是因为要做《史记》，所以隐忍受腐刑的羞辱。从这些实例看，可知艺术家对于艺术比一切都看重。他们自己知道珍贵美的形象，也希望旁人能同样地珍贵它。他自己见到一种精灵，并且想使这种精灵在人间永存不朽。

三、艺术家既然要借作品“传达”他的情思给旁人，使旁人也能同赏共乐，便不能不研究“传达”所必需的技巧。他第一要研究他所借以传达的媒介，第二要研究应用这种媒介如何可以造成美形式出来。比如说做诗文，语言就是媒介。这种媒介要恰能传出情思，不可任意乱用。相传欧阳修《昼锦堂记》首两句本是“仕宦至将相，富贵归故乡”，送稿的使者已走过几百里路了，他还要打发人骑快马去添两个“而”字。文人用字不苟且，通常如此。儿童在游戏时对于所用的媒介决不这样谨慎选择。他戏骑马时遇着竹帚就用竹帚，遇着板凳就用板凳，反正这不过是一种代替意象的符号，只要他自己以为那是马就行了，至于旁人看见时是否也恰能想到马的意象，他却丝毫不介意。倘若画家意在马而画一个竹帚出来，谁人能了解他的原意呢？艺术的内容和形式都要恰能融合一气，这种融合就是美。

总而言之，艺术虽伏根于游戏本能，但是因为同时带有社会性，须留有作品传达情思于观者，不能不顾到媒介的选择和技巧的锻炼。它逐渐发达到现在，已经在游戏前面走得很远，令游戏望尘莫及了。

空中楼阁

在诗的微妙境界，我们尤其不可拘虚绳墨

艺术和游戏都是意造空中楼阁来慰情遣兴。现在我们来研究这种楼阁是如何建筑起来的，这就是说，看看诗人在做诗或是画家在作画时的心理活动到底像什么样。

为说话易于明了起见，我们最好拿一个艺术作品做实例来讲。本来各种艺术都可以供给这种实例，但是能拿真迹摆在我们面前的只有短诗。所以我们姑且选一首短诗，不过心里要记得其他艺术作品的道理也是一样。比如王渔洋所推许为唐人七绝“压卷”作的王昌龄的《长信怨》：

奉帚平明金殿开，暂将团扇共徘徊。

玉颜不及寒鸦色，犹带昭阳日影来。

大家都知道，这首诗的主人是班婕妤。她从失宠于汉成帝之后，谪居长信宫奉侍太后。昭阳殿是汉成帝和赵飞燕住的地方。这首诗是一个具体的艺术作品。王昌龄不曾留下记载来，告诉我们他作时心理历程如何，他也许并没有留意到这种问题。但是我们用心理学的帮助来从文字上分析，也可以想见大概。他作这首诗时有哪些心理的活动呢？

一、他必定使用想象。

什么叫作想象呢？它就是在心里唤起意象。比如看到寒鸦，心中就印下一个寒鸦的影子，知道它像什么样，这种心镜从外物摄来的影子就是“意象”。意象在脑中留有痕迹，我眼睛看不见寒鸦时仍然可以想到寒鸦像什么样，甚至于你从来没有见过寒鸦，别人描写给你听，说它像什么样，你也可以凑合已有意象推知大概。这种回想或凑合以往意象的心理活动叫作“想象”。

想象有再现的，有创造的。一般的想象大半是再现的。原来从知觉得来的意象如此，回想起来的意象仍然是如此，比如我昨天看见一只鸦，今天回想它的形状，丝毫不用自己的意思去改变它，就是只用再现的想象。艺术作品不能不用再现的想象。比如这首诗里“奉帚”、“金殿”、“玉颜”、“寒鸦”、“日影”、“团扇”、“徘徊”等等，在独立时都只是再现的想象。“团扇”一个意象尤其如此。班婕妤自己在《怨歌行》里已经用过秋天丢开的扇子自比，王昌龄不过是借用这个典故。诗做出来总须旁人能懂得，“懂得”就是能够唤起以往的经验来印证。用以往的经验来印证新经验大半凭借再现的想象。

但是只有再现的想象决不能创造艺术。艺术既是创造的，就要用创造的想象。创造的想象也并非从无中生有，它仍用已有意象，不过把它们加以新配合。王昌龄的《长信怨》精彩全在后两句，这后两句就是用创造的想象做成的。个个人都见过“寒鸦”和“日影”，从来却没有人想到班婕妤的“怨”可以见于带昭阳日影的寒鸦。但是这话一经王昌龄说出，我们就觉得它实在是至情至理。从这个实例看，创造的定义就是：平常的旧材料之不平常的新综合。

王昌龄的题目是《长信怨》。“怨”字是一个抽象的字，他的诗却画出一个如在目前的具体的情境，不言怨而怨自见。艺术不同哲学，它最忌讳抽象。抽象的概念在艺术家的脑里都要先翻译成具体的意象，然后才表现于作品。具体的意象才能引起深切的情感。比如说“贫富不均”一句话入耳时只是一笔冷冰冰的总账，杜工部的“朱门酒肉臭，路有冻死骨”才是一幅惊心动魄的图画。思想家往往不是艺术家，就因为不能把抽象的概念翻译为具体的意象。

从理智方面看，创造的想象可以分析为两种心理作用：一是分想作用，一是联想作用。

我们所有的意象都不是独立的，都是嵌在整个经验里面的，都是和许多其他意象固结在一起的。比如我昨天在树林里看见一只鸦，同时还看见许多其他事物，如树林、天空、行人等等。如果这些记忆都全盘复现于意识，我就无法单提鸦的意象来应用。好比你只要用一根丝，它裹在一团丝里，要单抽出它而其他的丝也连带地抽出来一样。“分想作用”就是把某一个意象（比如说鸦）和与它相关的许多意象分开而单提出它来。这种分想作用是选择的基础。许多人不能创造艺术就因为没有这副本领。他们常常说：“一部十七史从何处说起？”他们一想到某一个意象，其余许多平时虽有关系而与本题却不相干的意象都一齐涌上心头来，叫他们无法脱围。小孩子读死书，往往要从头背诵到尾，才想起一篇文章中某一句话来，也就是吃不能“分想”的苦。

有分想作用而后有选择，只是选择有时就已经是创造。雕刻家在一块顽石中雕出一座爱神来，画家在一片荒林中描出一幅风景画来，都是在混乱的情境中把用得着的成分单提出来，把用不着的成分丢开，来造成一个完美的形象。诗有时也只要有分想作用就可以作成。例如“采菊东篱下，悠然见南山”，“寒波澹澹起，白鸟悠悠下”，“风吹草低见牛羊”诸名句都是从

只有再现的想象决不能创造艺术。艺术既是创造的，就要用创造的想象。

混乱的自然中划出美的意象来，全无机杼的痕迹。

不过创造大半是旧意象的新综合，综合大半借“联想作用”。我们在上文谈美感与联想时已经说过错乱的联想妨碍美感的道理，但是我们却保留过一条重要的原则：“联想是知觉和想象的基础。艺术不能离开知觉和想象，就不能离开联想。”现在我们可以详论这番话的意义了。

我们曾经把联想分为“接近”和“类似”两类。比如这首诗里所用的“团扇”这个意象，在班婕妤自己第一次用它时，是起于类似联想，因为她见到自己色衰失宠类似秋天的弃扇；在王昌龄用它时则起于接近联想，因为他读过班婕妤的《怨歌行》，提起班婕妤就因经验接近而想到团扇的典故。不过他自然也可以想到她和团扇的类似。

“怀古”、“忆旧”的作品大半起于接近联想，例如看到赤壁就想起曹操和苏东坡，看到遗衣挂壁就想到已故的妻子。类似联想在艺术上尤其重要。《诗经》中“比”、“兴”两体都是根据类似联想。比如《关关雎鸠》章就是拿雎鸠的挚爱比夫妇的情谊。《长信怨》里的“玉颜”在现在已成滥调，但是第一次用这两个字的人却费了一番想象。“玉”和“颜”本来是风马牛不相及，只因为在色泽肤理上相类似，就嵌合在一起了。语言文字的引申义大半都是这样起来的。例如“云破月来花弄影”一句词中三个动词都是起于类似联想的引申义。

因为类似联想的结果，物固然可以变成人，人也可变成物。物变成人通常叫作“拟人”。《长信怨》的“寒鸦”是实例。鸦是否能寒，我们不能直接感觉到，我们觉得它寒，便是设身处地地想。不但如此，寒鸦在这里是班婕妤所羡慕而又妒忌的受恩承宠者，它也许是隐喻赵飞燕。一切移情作用都起类似联想，都是“拟人”的实例。例如“感时花溅泪，恨别鸟惊心”和“水是眼波横，山是眉峰聚”一类的诗句都是以物拟人。

人变成物通常叫作“托物”。班婕妤自比“团扇”，就是托物的实例。“托物”者大半不愿直言心事，故婉转以隐语出之。曹子建被迫于乃兄，在走七步路的时间中做成一首诗说：

煮豆燃豆萁，豆在釜中泣，本是同根生，相煎何太急！

清朝有一位诗人不敢直骂爱新觉罗氏以胡人夺了明朝的江山，乃在咏《紫牡丹》诗里寄意说：

夺朱非正色，异种亦称王。

这都是托物的实例。最普通的托物是“寓言”，寓言大半拿动植物的故事来隐射人类的是非善恶。托物是中国文人最欢喜的玩艺儿。庄周、屈原首开端倪。但是后世注疏家对于古人诗文往往穿凿附会太过，黄山谷说得好：

“彼喜穿凿者弃其大旨，取其发兴，于所遇林泉人物草木鱼虫，以为物物皆有所托，如世间商度隐语者，则诗委地矣！”

“拟人”和“托物”都属于象征。所谓“象征”，就是以甲为乙的符号。甲可以做乙的符号，大半起于类似联想。象征最大的用处就是以具体的事物来代替抽象的概念。我们在上文说过，艺术最怕抽象和空泛，象征就是免除抽象和空泛的无二法门。象征的定义可以说是：“寓理于象”。梅圣俞《续金针诗格》里有一段话很可以发挥这个定义：

诗有内外意，内意欲尽其理，外意欲尽其象。内外意含蓄，方入诗格。

上面诗里的“昭阳日影”便是象征皇帝的恩宠。“皇帝的恩宠”是“内意”，是“理”，是一个空泛的抽象概念，所以王昌龄拿“昭阳日影”这个具体的意象来代替它，“昭阳日影”便是

“象”，便是“外意”。不过这种象征是若隐若现的。诗人用“昭阳日影”时，原来因为“皇帝的恩宠”一类的字样不足以尽其意蕴，如果我们一定要把它明白指为“皇帝的恩宠”的象征，这又未免剪云为裳，以迹象绳玄渺了。诗有可以解说出来的地方，也有不可以解说出来的地方。不可以言传的全赖读者意会。在微妙的境界我们尤其不可拘虚绳墨。

我与文学

许多人的厄运在不学而求创造，也有许多人的厄运在安心模仿而不求创造

我生平有一种坏脾气，每到市场去闲逛，见一样就想买一样，无论是怎样无用的破铜破铁，只要我一时高兴它，就保留不住腰包里最后的一文钱。我做学问也是如此。今天丢开雪莱，去看守熏烟鼓测量反应动作，明天又丢开柏拉图，去在古罗马地道阴森曲折的坟窟中溯“哥特式”大教寺的起源。我已经整整地做过三十年的学生，这三十年的光阴都是这样东打一拳西踢一脚地过去了。

在现代社会制度和学问状况之下，百科全书式的学者已经没有存在的可能，一个人总得在许多同样有趣的路径之中选择一条出来走。这已经成为学术界中不成文的宪法，所以读书人初见面，都有一番寒暄套语，“您学哪一科？”“文科。”“哪一门？”“文学。”假如发问者也是学文学的，于是“哪一国文学？哪一方面？哪一时代？哪一个作者？”等问题就接着逼来了。我也屡次被人这样一层紧逼一层地盘问过，虽然也照例回答，心中总不免有几分羞意，我何尝专门研究文学？何况是哪一方面和哪一时代的文学呢？

在许多歧途中，我也碰上文学这条路，说来也颇堪一笑。我立志研究文学，完全由于字义的误解。我在幼时所接触的小知识阶级中，“研究文学”四个字只有两种流行的涵义：做过几首诗，发表几篇文章，甚至翻译过几篇伊索寓言或是安徒生童话，就算“研究文学”。其次随便哼哼诗念念文章，或是看看小说，也是“研究文学”。我幼时也欢喜哼哼诗，念念文章，自以为比做诗发表文章者固不敢望尘，若云哼诗念文即研究文学，则我亦何敢多让？这是我走上文学路的一个大原因。

谁知道区区字义的误解就误了我半世的光阴！到欧洲后见到西方“研究文学”者所做的工作以及他们所有的准备，才懂庄子海若望洋而叹的比喻，才知道“研究文学”这个玩艺儿并不像我原来所想象的那样简单，尤其不像我原来所想象的那样有趣，文学并不是一条直路通天边，由你埋头一直向前走，就可以走到极境的。“研究文学”也要绕许多弯路，也要做许多干燥辛苦的工作。学了英文还要学法文，学了法文还要学德文、希腊文、意大利文、印度文等等，时代的背景常把你拉到历史如果不死心踢地做基础工作，哼哼诗念念文章可以，随便做做诗发表几篇文章也可以，只是不要去『研究文学』。

哲学和宗教的范围里去，文艺原理又逼你去问津图画、音乐、美学、心理学等等学问。这一场官司简直没有方法打得清！学科学的朋友们往往羡慕学文学者天天可以消闲自在地哼诗看小说是幸福，不像他们自己天天要埋头记干燥的公式，搜罗干燥的事实。其实我心里有苦说不出，早知道“研究文学”原来要这样东奔西窜，悔不如学得一件手艺，备将来自食其力。我现在还时时存着学做小儿玩具或编藤器的念头。学会做小儿玩具或编藤器，我还是可以照旧哼诗念文章，但是遇到一般人对于“研究文学”者“专门哪一方面？”式的问题就可以名正言顺地置之不理了。那是多么痛快的一大解脱！

我这番话并不是要唐突许多在外国大学中预备博士论文者，只是向国内一般青年自道甘苦。青年们免不掉像我一样有一个嗜好文艺的时期，在现代中国学风之中，也恐怕免不掉像我一样以哼诗念文章为“研究文学”。倘若他们再像我一样因误解字义而走上错路，自然也难免有一日要懊悔。文艺像历史哲学两种学问一样，有如金字塔，要铺下一个很宽广笨重的基础，才可以逐渐砌成一个尖顶出来。如果人手就想造成一个尖顶，结果只有倒塌。中国学者对于西方文艺思想和政教已有半世纪的接触了，而仍然是隔膜，不能不归咎于只想望尖顶而不肯顾到基础。在文艺、哲学、历史三种学问中，“专门”和“研究工作”种种好听的名词，在今日中国实在都还谈不到。

这番话只是一个已经失败者对于将来想成功者的警告。如果不死心踏地做基础工作，哼哼诗念念文章可以，随便做做诗发表几篇文章也可以，只是不要去“研究文学”。像我费过二三十年工夫的人还要走回头来学编藤器做小儿玩具，你说冤枉不冤枉！

只言片语妙天下

所谓漂亮并非指滔滔雄辩，而是指微妙精巧，耐人寻味

人类思想和语文都逐渐由简朴到繁富，随感录一类文章的特色在简朴而隽永，所以古代人只要寥寥数语就可以了事。不过近代人也有一个特殊倾向，宜于在随感录方面发展，就是他们比古人较锐意求精巧，不惜钩心斗角雕章琢句，一方面炫耀自己的才智，一方面博取听者的惊心夺目。在欧洲，这倾向在第十七八世纪的法国最为显著，法国人承继拉丁的“清晰”的理想，思想最尖锐而语文也最灵活，思想尖锐的人们最容易窥探深心的秘奥，也最容易取刺讥或打诨的态度，本着这种民族思想与语文的特性，法国人比较会把一个道理或一种心情轻描淡写地表达出来，显得既委婉 (elegant) 而又有锋芒 (pointed)。在十七八世纪，法国社会在客厅里聚谈的风气很盛，一个人能否成功成名颇要看他在客厅里话谈得漂亮不

漂亮。所谓漂亮并非指滔滔雄辩，而是指微妙精巧，耐人寻味。话不在多，却要实在能动听，这恰是随感录一类文章所要做到的，而法国人对此在客厅谈话中都有娴熟的训练，所以随感录在近代法国特别成功，法国人也替这类作品奠定了一个极恰当的名称，这就是 pensees，意谓“所感想的”，提起这个名称，我们当然要想到帕斯卡尔 (Pascal)，在他以前，蒙田 (Montaigne) 已经写过一些近似随感录的文章，不过篇幅较长，归到“试字”(essay) 一类较妥。帕斯卡尔才是法国随感录体裁的真正的典型，现在摘译数则以见一斑：

人愈有智慧就发现愈多的优异的人，平常人见不出人与人的分别。

莫说我没有新鲜话可说：材料的处置总是新鲜的，好比玩手球，你和我们玩的同是一个球，可是我把它摆布得比较好。

自然本色的文章风格令人惊而且喜，因为人本来指望看见一个作家，所发现的却是一个人。

克莉奥佩特拉（注：埃及皇后，叫几位罗马大将倾倒）

惟其是哲学家，才能看得高远也看得微细；惟其是诗人，才能融情于理，给它一个一个令人欣喜而且不易忘记的表现方式。

的鼻子如果短一分，全世界就会为之改观。

你为什么杀我？——什么？你不是住在河那边吗？朋友，你如果住在河这边，我就算是杀人犯，这样杀你就不公平；但是你既然住在河那边，而我是一个好汉，杀你就是公平。

人只是一棵芦苇，自然界最脆弱的，但是一棵运用思想的芦苇。要摧毁他，无须全宇宙都武装起来，一股气，一滴水，都够致他死命，但是在宇宙摧毁他时，人依然比摧毁者较高贵，因为他知道自己死，知道宇宙比他占便宜；而宇宙却毫不知道。

这无穷空间的无终寂静使我颤栗。

第一流随感录的作者往往同时具备哲学家与诗人两重资格，帕斯卡尔可以为证，惟其是哲学家，才能看得高远也看得微细；惟其是诗人，才能融情于理，给它一个一个令人欣喜而且不易忘记的表现方式。

和帕斯卡尔同时的还有一位拉罗什富科公爵，写过一部《箴言录》（La Rochefoucauld：*Maximes*），在随感录体裁中也久已成为一部经典。这是一位老于世故者，对于人性的较不光荣的一方面特别看得清楚，例如：

自尊心在一切谄媚者之中是最大的一个。

情欲往往产生和它们相反的情欲：贪吝有时生奢侈，奢侈也有时生贪吝；人有时强硬由于软弱，大胆由于怯懦。

我们都有足够的力量忍受旁人的痛苦。

有些过失如果我们自己不犯，我们看到旁人犯了，就不会那样高兴。

伪善是罪恶向德行所致的敬礼。

多数人爱公正只怕是自己受到不公正。

人人都埋怨自己的记忆力不好，没有人埋怨自己的判断力不好。

我们太惯于对旁人作伪，结果对自己也就作伪了。

愚蠢往往保护我们不受聪明人的欺骗。

全书简直是一部性恶论，与一般道德家言是两回事。随感录一类文章本宜于在简洁中露锋芒，带一点刺讥的辛辣性容易显得干脆而生动。说坏话要俏皮容易，说好话要俏皮难，难在不落平凡，一落平凡，便失去这类体裁的长处。

随感录在法国最为发达，作者如林。伏尔泰 (Voltaire)、香孚 (Chamfort) 和沃维纳格 (Vauvenargues) 都是所谓“以言语妙天下”的。较晚起的犹伯尔 (Goubert) 特别值得提及。他自己说过：“如果世间有人呕尽心肝要把一部书的话写成一页，一页的话写成一句，一句的话写成一个字——那就是我。”

英国方面随感录作者也很多。斯密斯教授 (L.P.Smith) 曾辑有一部选本，并且做了一篇论文介绍。对这类文章有兴趣的人们可以问津于此。德国方面诗人歌德也是随感录的高手，此外叔本华、尼采诸哲学家亦时有隽语。大约英国人重实际，随感录中世故语者多；德国人富于玄想，随感录中诗意哲理居多。不过这两国语文都比法文重拙，所以随感录这类体裁并非这两国人的特长所在。本文意在说明这类体裁的特点，不在穷溯它的历史，所以姑且从略。

培根说过，有些书是供咀嚼的。随感录主要地是供咀嚼的书。虽是零篇断简，它们是长久涵养的结晶，读者须优游涵泳，有证于经验，有奖于心怀，才能吸收它们的好处。它们不是茶余酒后的消遣，也不是“锲而不舍”的正经功课。唯其如此，当你一气读下去的读品，它们颇像珍味杂陈，不免令人腻味。作者原不是一气写下去，读者也就不宜一气读下去，最好今日东取一鳞，明日西取一爪，有时间仔细玩索。它们可供咀嚼，却也只能当作小点心咀嚼。

（原题《随感录（下）—小品文略谈之二》，
载 1948 年 4 月 26 日《天津民国时报》）

谈书评

欣赏一部书，就应该在心里再造一部书

谈到究竟，文艺方面最重要的东西还是作品。一个人在文艺方面最重要的修养不是记得一些干枯的史实和空洞的理论，而是对于好作品能热烈地爱好，对于低劣作品能彻底地厌恶。能够教学生们懂得什么才是一首好诗或是一篇好小说，能够使他们培养成对于文学的兴趣和热情，那才是一位好的文学教师；能够使一般读者懂得什么才是一首好诗或是一篇好小说，能够使他们培养成对于文学的兴趣和热情，那才是一位好的批评家。真正的批评对象永远是作品，真正的好的批评家永远是书评家，真正的批评的成就永远是对于作品的兴趣和热情的养成。

书评家的职务是很卑恭的。他好比游览名胜风景的向导，引游人注意到一些有趣的林园泉石寨堡。不过这种比拟究竟有些不恰当。一个旅行向导对于他所指点的风景不一定是他自己发现出来的，尤其不一定自己感觉到它们有趣。他可以读一部旅行指南，记好一套刻板的解释，遇到有钱的顾主就把话匣子打开，把放过几千次的唱片再放一遍。书评家的职务却没有这么简单。他没有理由向旁人说话，除非他所指点的是他自己的发现而且是他自己的爱或憎的对象。书评艺术不发达即由于此。在事实上，一个人如果不以书评为职业，就很难有工夫去天天写书评；而书评却不如旅行向导可以成为一种职业，书评所需要的公平、自由、新鲜、超脱诸美德都是与职业不相容的。

常见的书评不外两种，一种是宣传，一种是反宣传。所谓“宣传”者有书店稿费或私人交谊做背景，作品本身价值是第二层事，头一层要推广它的销路，在这种书籍的生存战争中，它不能不有人替它“吹”一下。所谓“反宣传”者有仇恨妒忌种种心理做背景，甲与乙如不同派，凡甲有所作，乙必须闭着眼睛乱骂一顿，以为不把对方打倒，自己就不易抬头“称霸”。书评失去它的信用，就因为有这两种不肖之徒如劣马害群。书评变成贩夫叫卖或是泼妇闹街，这不但是书评末运，也是文艺的末运。

书是读不尽的，自然也评不尽。一个批评家应该是一个探险家，为着发现肥沃的新陆，不惜备尝艰辛险阻，穿过一些荒原沙漠冰海；为着发现好书，他不能不读数量超过好书千百倍

凡是有意义的话都应该是诚实的话，凡是诚实话都是站在说话者自己特殊立场扪心自问所说的话。

的坏书。每个人都应该读些坏书，不然，他不能真正地懂得好书的好处。不过在每个时代，每个国家里坏书都“俯拾即是”，用不着一个专门家去把它指点出来。与其浪耗精力去攻击一千部坏书，不如多介绍一部好书。没有看见过小山的人固然不知道大山的伟大；但是你如果引人看过喜马拉雅山，他决不会再相信泰山是天下最高峰。好书有被埋没的可能，而坏书却无永远存在之理，把好书指点出来，读者自然能见出坏书的坏。

攻击唾骂在批评上固然有它的破坏的功用，它究竟是容易流于意气之争，酿成创作与批评中不应有的仇恨，给读者一场空热闹，而且一个作品的最有意义的批评往往不是一篇说是说非的论文，而是题材相仿佛的另一个作品。如果你不满意一部书或是一篇文章，且别费气力去唾骂它，自己去写一部比它较好的作品出来，至少，指点出一部比它较好的作品出来！一部书在没有比它再好的书出来以前，尽管是不圆满，仍旧有它的功用，有它的生存权。

批评的态度要公平，这是老生常谈，不过也容易引起误解。一个人只能在他的学识修养范围之内说公平话。对于甲是公平话，对于乙往往是偏见。孔夫子只见过泰山，便说“登泰山而小天下”，不能算是不公平，至少是就他的学识范围而言。凡是有意义的话都应该是诚实的话，凡是诚实话都是站在说话者自己特殊立场扪心自问所说的话。人人都说荷马或莎士比亚伟大而我们扪心自问，并不能见出他们的伟大。我跟人说他们伟大么？这是一般人所谓“公平”。我说我并不觉得他们伟大么？这是我个人学识修养范围之内的“公平”，而一般人所谓“偏见”。批评家所要的“公平”究竟是哪一种呢？“司法式”批评家说是前一种，印象派批评家说是后一种。前一派人永远是朝“稳路”走，可是也永远是自封在旧窠臼里，很难发现打破传统的新作品。后一派人永远是流露“偏见”，可是也永远是说良心话，永远能宽容别人和我自己异趣。这两条路都任人随便走，而我觉得最有趣的是第二条路，虽然我知道它不是一条“稳路”。

法朗士说得好：“每个人都摆脱不开他自己，这是我们最大的厄运。”这种厄运是不可免的，所以一般人所嚷的“客观的标准”“普遍的价值”等等终不免是欺人之谈。你提笔来写一篇书评时，你的唯一的理由是你对于那部书有你的特殊的见解。这种见解只要是由你心坎里流露出来的，只要是诚实，虽然是偏，甚至于是离奇，对于作者与读者总是新鲜有趣的。书评是一种艺术，像一切其他艺术一样，它的作者不但有权力，而且有义务，把自己摆进里面去；它应该是主观的；这就是说，它应该有独到见解。叶公超先生在本刊所发表的《论书评》一文里仿佛说过，书评是读者与作者的见解和趣味的较量。这是一句有见地的话。见解和趣味有不同，才有较量的可能，而这种较量才有意义，有价值。

天赋不同，修养不同，文艺的趣味也因而不同。心理学家所研究的“个别的差异”是创作家批评家和读者所应该同样地认清而牢记的。文艺界有许多无谓的论战和顽固的成见都起于根本不了解人性中有所谓“个别的差异”。我自己这样感觉，旁人如果不是这样感觉，那就是他们荒谬，活该打倒！这是许多固执成见者的逻辑。如果要建立书评艺术，这种逻辑必须放弃。

欣赏一首诗就是再造一首诗；欣赏一部书，如果那部书有文艺的价值，也应该是在心里再造一部书。一篇好的书评也理应是这种“再造”的结果。我特别着重这一点，因为它有关于书评的接受。无论是作者或是读者，对于一篇有价值的书评都只能当作一篇诚实的主观的印象记看待，容许它有个性，有特见，甚至于有偏见。一个书评家如果想把自己的话当作“权威”去压服别人，去范围别人的趣味；一个读者如果把一篇书评当作“权威”恭顺地任它范围自己的趣味；或是一个创作家如果希望别人对于自己的著作的见解一定和自己的意见相同；那么，他们都是一丘之貉，都应该冠上一个公同的形容词——愚蠢！

如果莎士比亚再活在世间，如果他肯费工夫把所有讨论、解释和批评他的作品文章仔细读一遍，他一定会惊讶失笑，发现许多读者比他自己聪明，能在他的作品中发现许多他自己所梦想不到的哲学，艺术技巧的意识以及许多美点和丑点。但是他也一定会觉得这些文章有趣，一律地加以大度宽容。懂得这个道理，我们就应该明了：刘西渭先生有权力用他的特殊的看法去看《鱼目集》，刘西渭先生没有了解他的心事；而我们一般读者哩，尽管各人都自信能了解《鱼目集》，爱好它或是嫌恶它，但是终于是第二个以至于第几个的刘西渭先生，彼此各不相谋。世界有这许多纷歧差异，所以它无限，所以它有趣；每篇书评和每部文艺作品一样，都是这“无限”的某一片面的摄影。

（原题《谈书评》，原载天津《大公报文艺》
“书评特刊”第 190 期，1936 年 8 月 2 日）

图书在版编目（CIP）数据

问渠哪得清如许 / 朱光潜著. -- 北京：北京联合出版公司, 2017.7（2022.5重印）

ISBN 978-7-5596-0675-4

Ⅰ. ①问… Ⅱ. ①朱… Ⅲ. ①散文集－中国－当代 Ⅳ. ①I267

中国版本图书馆CIP数据核字(2017)第153535号

问渠哪得清如许

项目策划 **紫图图书ZITO®**
监　　制 黄利　万夏
作　　者 朱光潜
责任编辑 管文
特约编辑 曹莉丽　鞠媛媛
营销支持 曹莉丽
内文插图 石家小鬼
版权支持 王秀荣
装帧设计 **紫图装帧**

北京联合出版公司出版
（北京市西城区德外大街83号楼9层　100088）
艺堂印刷（天津）有限公司印刷　新华书店经销
150千字　880毫米×1230毫米　1/32　9.25印张
2017年7月第1版　2022年5月第3次印刷
ISBN 978-7-5596-0675-4
定价：56.00元